참회록

참회록

레프 톨스토이 지음
이상훈 옮김

일러두기

1. 이 책은 러시아어 고유명사의 표기에 있어 국립국어원의 표기법에 따르고 있음을 밝힌다.

2. 본 전집의 성서 인용은 1977년 한국의 성서공동번역위원회가 번역·간행한 『공동번역성서』에 따른다.

3. 이 책의 각주는 모두 역자의 것이며, 그 밖의 주석(미주)은 갈리나 갈랴긴과 니꼴라이 구셉의 것이다.

차례

참회록   007

해설 및 주석   149
    갈리나 갈랴간, 니콜라이 구셉

레프 니콜라예비치 톨스토이의
영적 방황   199
    라리사 모토리나

레프 톨스토이 연보   214

참회록

미발간 저작¹에 붙이는 서문

I

나는 러시아 정교회의 신앙 안에서 세례를 받고 양육되었다. 유년기와 소년기, 그리고 청년기에 이르기까지, 그 모든 기간 동안 나는 정교의 가르침을 받았다. 하지만 대학교 2학년, 18살의 나이로 학업을 중단했을 때[2], 이미 나는 내가 배웠던 가르침 중 그 어떤 것도 믿지 않는 상태였다.

몇 가지 기억을 더듬어볼 때, 나는 진지하게 신앙을 가진 적이 한 번도 없었던 것 같다. 그저 내가 배운 것과 내가 본 많은 사람들이 고백한 것을 믿었을 뿐이었다. 그러나 이 믿음은 매우 불안정한 것이었다.

내가 열한 살이 되던 해 어느 일요일, 이젠 고인이 된지 오래지만 당시 중등학교에 다니던 볼로덴카 M.[3]이라는 소년이 우리 집에 온 적이 있었는데, 최신 뉴스라고 하면서 중등학교에서 행한 연구 결과를 알려준 것이 기억난다. 그 연구 결과는 신이 없다는 것과 우리가 배운 것이 모두 허구에 지나지 않는다는 것이었다(그때가 1838년이었다.[4]). 형들[5]은 그 뉴스에 많은 관심을 보였고, 그것에 관한 토론에 나도 불러 주었다. 모두들 몹시 흥분했고, 그 소식에 큰 관심을 보이면서 충분히 가능한 일로 받아들였던 기억이 난다.

그리고 대학교에 다니던 큰 형 드미트리가 갑작스레 신앙생활에 몰두하면서 타고난 기질대로 모든 예배에 빠짐없이 참석하고 금욕하며 정결하고 도덕적인 생활을 영위하자, 우리들 전부 심지어 어른들까지도 끊임없이 그를 조롱하였고, 무슨 이유에선지 노아라는 별명을 붙여 불렀던 일이 기억난다.[6] 또 당시 카잔대학교의 교무주임이었던 무신-푸쉬킨[7]이, 우리를 무도회에 초대했을 때 참석을 거절한 형에게 마치 놀리듯이, 다윗도 성궤 앞에서 춤을 추었다[8]는 말로 형을 설득했던 일도 기억난다.

그 당시 나는 어른들의 이런 농담을 안쓰럽게 생각하며, 교회에 나가고 또 교리문답을 배우더라도[9] 이런 것들을 지나치게 진지하게 받아들일 필요가 없겠다는 결론에 이르렀었다. 또 아주 어렸을 때 볼테르를 읽으면서, 그의 조롱조의 말투를 당혹스러워하기보다 무척 재미있어했던 것도 기억난다.[10]

나의 내면에서 일어난 신앙의 탈선은 나와 비슷한 교육을 받은 사람들이 예전과 마찬가지로 지금도 겪고 있는 경험들과 다르지 않다. 내 생각에 이 탈선은 대부분 다음과 같이 이루어진다. 즉 사람들은 다들 비슷하게 살아가면서도 모두들 어떤 원리에 근거하여 사는데, 그 원리는 종교적 신조와 전혀 조합을 이루지 않을 뿐만 아니라 오히려 많은 경우 이 신조에 역행한다. 종교적 신조는 실제 삶과 별개이고 다른 사람과의 교제에 있어서도 전혀 걸림돌이 되지 않으며, 개인 생활에서도 결코 길잡이가 되지 않는다. 이러한 종교적 신조는 실생활과 동떨어진 특정한 공간에서 그저 입으로만 고백되는 것일 뿐이다. 설령 이 신조와 부딪치게 된다 해도 실제 생활과는 관련이 없는 피상적인 현상으로서의 부딪힘에 지나지 않는다.

예나 지금이나 어떤 사람의 생활이나 행동을 보고 그가 신자인지 아닌지 알기란 불가능하다. 또 설혹 정교 신앙을 밝히 고백하는 사람과 그것을 부정하는 사람 사이에 차이가 있다 하더라도, 그것은 정교 신자에게 유리할 게 없다. 예나 지금이나 정교 신앙을 공공연하게 고백하고 신봉하는 사람들에게서 어리석고 잔인하며 부도덕하고 교만한 모습을 많이 볼 수 있는 반면, 자신을 비신자로 자처하는 사람들에게서 이성적이고 사려 깊은 면모나 정직함, 선량함, 도덕성 같은 덕성들을 발견하는 경우가 많기 때문이다.

학교에선 교리문답을 가르친 후 학생들을 교회로 보내고,

관리들은 성찬례[11]에 참여한다는 증명서를 받아야한다. 하지만 더 이상 학업이나 또 관직에 있지 않은 우리 같은 사람들은 과거는 말할 것도 없고 지금도 자기가 그리스도인들 사이에 살고 있는지, 또 자기가 정교 신앙을 신봉하는지를 전혀 의식하지 않고 수십 년을 살아갈 수 있다.

예나 지금이나 관습이나 외부의 압력에 의해 갖게 된 신앙은 그 신앙에 역행하는 지식과 인생의 경험으로 인해 점차 소멸되어 간다. 그런데도 사람들은 어린 시절에 얻은 신앙이 그대로 자기 안에 유지되고 있다고 착각하면서 오랫동안 살아가는 경우가 매우 흔하다. 사실 그 신앙은 이미 오래 전에 흔적조차 없이 사라져 버렸는데도 말이다.

현명하고 정직한 S라는 사람[12]이 나에게 자신이 어떻게 신앙을 저버렸는지를 말해준 적이 있다. 스물여섯 살쯤 되었을 때, 그는 사냥을 나갔다가 야외에서 밤을 새우게 되었다. 어린 시절부터 해오던 오랜 습관대로 저녁에 무릎을 꿇고 기도를 바쳤다. 그때 함께 사냥을 나온 형이 건초 위에 누워 있다가 그 모습을 보았다. S가 기도를 마치고 자리에 눕자 형이 말했다. "넌 아직도 그런 걸 하니?" 두 사람은 더 이상 아무 말도 하지 않았다. 이날 이후 S는 기도를 그만 두고 교회에도 나가지 않았다. 그렇게 삼십 년을 기도도 하지 않고, 성찬례에도 참여하지 않았으며, 또 교회에도 나가지 않은 것이다. 그런데 그건 그가 자기 형의 생각을 알고 그에 동조했거나 자기 마음속에 어떤 결심이 생겨서가 아니었다. 그저 형의 입에서 나온 말이 제 무게를 견디지 못하고 막 무너지려던 벽을 손가락 끝으로 살짝 친 것과 같은 효과를 주었기 때문이었다. 신앙으로 가득 차 있을 거라고 생각했던 곳이 이미 텅 빈 곳이 된 지 오래되었음을 그 말이 알려준 것이었다. 그리하여 그는 그때까지 해오던 말이나 십자성호도, 내내 무릎을 꿇고 바치던 기도도 전혀 의미가 없는 행위였음을 깨닫게 되었고, 그것을 깨달은 후 그런 행위들을 더는 계속할 수가 없었던 것이다.

나는 이런 일이 지금까지 수많은 사람들에게 일어났고, 또 지금도 일어나고 있다고 생각한다. 내가 말하는 사람들은 우리와 같은 수준의 교양을 지닌 사람들이고 또 자기 자신에게 정직한 사람들이지, 신앙의 궁극적인 목표를 어떤 일시적인 목적의 수단으로 삼는 사람들이 아니다(이런 사람들은 근본적으로 불신자이다. 왜냐하면 신앙이 어떤 세속적인 목적을 성취하기 위한 수단이라면, 이건 이미 신앙이 아니기 때문이다.). 우리와 같은 수준의 교양을 지닌 사람들이 처한 상황은 지식과 생활이라는 빛이 신앙이라는 인공적인 건물을 녹이는 상황과 같다. 그래서 어떤 사람들은 이미 이것을 알아채고 그 건물을 떠났는가 하면, 또 어떤 사람들은 이 상황을 알아채지 못하고 남아있는 것이다.

어린 시절 나에게 전수된 교리는 다른 사람들의 경우처럼 내 속에서도 소멸해 버렸다. 차이가 있다면 나는 아주 일찍감치 많은 독서와 사유를 했기 때문에 아주 이른 시기에 의식적으로 교리를 거부하기 시작했다는 점이다. 나는 열여섯 살부터 기도하기를 그만두었고, 교회 출석과 절기 단식도 스스로 그만두었다. 어린 시절 전수받은 것은 더 이상 믿지 않게 되었다. 그런데도 나는 여전히 무엇인가를 믿긴 믿었다. 하지만 무엇을 믿었는지는 결코 말할 수 없었을 것이다. 또한 신을 믿기는 믿었다. 아니, 차라리 신을 부정하지는 않았다고 말하는 편이 더 나을 것이다. 하지만 어떤 신을 믿었는지에 관해선 말하기가 어렵다. 마찬가지로 나는 그리스도도 그의 가르침도 부정하지는 않았지만, 그의 가르침이 무엇이었는지에 관해서는 말하기가 어려운 것이다.

지금, 그 당시를 회상해 볼 때 분명히 알 수 있는 것은 그 당시 나의 신앙, 즉 동물적인 본능 외에 나의 삶을 움직이던 유일하고 참된 신앙은 자기완성에 대한 신앙이었다는 것이다.[13] 하지만 자기완성이 무엇이고 또 자기완성의 목적은 무엇인가에 관해선 말하지 못했을 것이다. 나는 지적인 면에서 나를 완성시키기 위해 노력했다. 나는 할 수 있는 모든 것, 삶에서 부딪히는 모든 것을 배워 나갔다. 나의 의지를 완성시키기 위해 노력하면서 스스로 원칙들을 세우고 그것들을 지키도록 애를 썼다. 나는 또한 다양한 운동을 통해 체력과 민첩성을 연마하고 갖은 고통을 견디며 지구력과 인내심을 향상시키는 가운데 육체적인 면에서도 나를 완성시켜 나갔다. 그러면서 이 모든 것을 자기완성이라고 여겼다. 처음 시작할 땐 당연히 윤리적인 자기완성이었지만, 나도 모르는 사이에 이것은 곧 모든 면에서 완벽하게 되려는 욕망으로 바뀌었다. 즉 나 자신이나 신 앞에서 더 나아지려는 욕망이 아니라, 다른 사람들 앞에서 더 나아지려는 욕망으로 바뀐 것이다. 그리고 사람들 앞에서 더 나아지려는 노력은 아주 빨리 다른 사람들보다 더 강해지려는 욕망으로 바뀌었다. 다시 말해 다른 사람들보다 더 명예롭고 더 중요하고 더 부유한 사람이 되려는 욕망으로 바뀐 것이다.

II

 언젠가 내 인생이야기를 하게 된다면, 그건 나의 젊은 시절 십여 년간의 감동적이고 교훈적인 이야기가 될 것이다. 실로 많은 사람들이 나와 동일한 일을 겪었을 것이라고 나는 생각한다. 나는 정말 온 마음을 다해 선한 사람이 되기를 원했다. 하지만 나는 젊었고 욕망이 있었다. 게다가 내가 선(善)을 추구할 때면 나는 혼자, 완전히 혼자였다. 나의 가장 진심 어린 소망, 즉 윤리적으로 선한 인간이 되고 싶다는 바람을 나타내 보이려 할 때마다 언제나 내게 돌아오는 건 경멸과 조소였다. 반대로 내가 혐오스런 욕망에 투신하자 그 즉시 사람들의 칭찬과 격려가 쏟아졌다. 공명심, 권력욕, 재물욕, 애욕, 자만심, 분노, 복수심. 이런 모든 것들이 소중하게 여겨졌다. 이런 욕망에 빠지면서 나는 흡사 위대한 사람이 된 것처럼 행동했고, 또 사람들이 그런 나에게 만족한다고 느꼈다. 당시 나와 함께 살았던, 정말 순박하고 사람 좋기로 이를 데 없던 나의 숙모[14]

는 내가 유부녀와 교제하는 것보다 더 바람직한 것은 없다고 하면서 항상 이렇게 말하곤 했다. "고귀한 신분의 여인과 사귀는 것만큼 젊은 남자의 교양에 좋은 것은 없단다."※ 숙모가 내게 바랐던 또 다른 행운은 부관이 되는 것, 그중에서도 황제의 부관이 되는 것이었다. 그리고 가장 큰 행운은 내가 엄청난 부호의 딸과 결혼을 하고 그 혼인을 통해 더욱 많은 농노를 소유할 수 있게 되는 것이라고 말씀하셨다.

나는 그 당시를 회상할 때마다 끔찍함과 혐오감에 가슴이 찢어지는 듯한 고통을 느끼곤 한다. 나는 전쟁터에서 사람들을 죽였고[15], 또 사람을 죽이려고 결투를 신청했었다.[16] 그리고 도박판에서 돈을 잃고[17], 농부들의 노동력을 착취했을 뿐만 아니라 그들을 벌하기도 했다. 또한 아무렇지 않게 간음을 범하고 사람을 속이기도 했다. 거짓과 강탈, 온갖 형태의 음행, 만취, 폭력, 살인 등등 갖은 죄를 범하였음에도 동년배들은 이 모든 것에 대해 나를 추켜세웠고, 나를 비교적 윤리적인 사람으로 여겼으며, 지금도 그렇게 여기고 있다.

그렇게 나는 십 년을 살았다.

당시 나는 허영심과 탐욕, 제 잘난 멋에 글쓰기를 시작했

※ 원문은 "Rien ne forme un jeune homme comme une liaison arec unt femme comme il faut."이다.

다. 저술활동에서도 나는 생활에서와 똑같은 태도를 취했다. 내 글쓰기의 원래 목적이었던 명예와 돈을 얻으려면 불가피하게 선한 것은 감추고 나쁜 것은 드러내야만 했다. 나는 그대로 행했다. 저술들에서 나는 내 삶의 의미[18]를 이루던 선을 향한 나의 갈망을 무심함과 가벼운 조소로 가장하여 수없이 은폐하고자 했었다. 그리고 나는 그 목적을 달성하였다. 사람들은 나에게 칭송을 보냈다.

스물여섯 살의 나는 전쟁이 끝나자 페테르부르크로 돌아와[19] 작가들과 교제를 나누었다. 그들은 나를 그들과 같은 부류로 받아들였고, 비위를 맞춰 주었다. 그래서 나는 주위를 둘러볼 겨를도 없이 내가 교류하던 작가 계층의 인생관에 동화되었고, 그와 동시에 보다 선한 사람이 되고자 했던 과거의 모든 노력들은 흔적도 없이 순식간에 사라져 버렸다. 그리고 작가들의 인생관은 나의 방탕한 삶을 정당화해주는 이론적 근거를 마련해 주었다.

인생에 관한 동료 작가들의 견해는 이러했다. 삶은 발전한다. 그리고 우리 같은 사람들, 즉 사유하는 사람들이 이 발전에 중요한 역할을 하며, 이들 사유하는 사람들 중에서도 예술가와 시인인 우리는 중대한 영향력을 갖는다. 우리의 소명은 사람들을 가르치는 것이다. 이때 이 이론에서는 자연스러운 질문들, 즉 '내가 무엇을 알고 있고, 무엇을 가르쳐야 하는가'와 같은 질문이 제기되지 않도록, 이런 것들은 굳이 알 필요가 없으며, 예술가와 시인들은 무의식적으로 가르칠 수 있다고 설명한다. 나는 나 자신을 경이로운 예술가이며 시인으로 여겼다. 그래서 내가 이 이론을 고스란히 받아들인 것은 지극히 당연한 일이었다. 예술가이며 시인인 나는, 내가 무엇을 쓰는지, 무엇을 가르치는지도 모른 채 글을 썼고 또 가르쳤다. 그러고는 그 대가로 돈을 받았다. 나에게는 훌륭한 음식과 집, 여자들, 사교계 그리고 명성이 있었다. 그러니 내가 가르치는 것은 매우 훌륭한 것이 아닐 수 없었다.

예술의 의미와 삶의 발전에 대한 이런 믿음은 하나의 신앙이었고, 나는 그런 신앙에 헌신하는 사제 가운데 한 명이었다. 그런 사제가 된다는 것은 매우 유익하고 유쾌한 일이었다. 그래서 나는 만족하며 이 신앙에 오랫동안 머물렀다. 그것의 진실성에 관해서는 추호도 의심하지 않으면서 말이다. 하지만 그런 생활을 한 지 이 년이 지나고 특히 삼 년째 되었을 때, 나는 이 신앙의 무오류성에 관해 의심하게 되었고, 그것을 검토하기 시작했다. 이렇게 의심하게 된 최초의 계기는 나와 같은 신앙의 사제들 모두가 같은 생각을 지닌 건 아니라는 사실을 깨닫게 되면서부터이다. 어떤 이들은 이렇게 말했다. "우리는 가장 훌륭하고 유익한 선생이다. 우리는 필요한 것들을 가르치지만, 다른 사람들은 그릇된 것을 가르친다." 그런가 하면 이렇게 말하는 이들도 있었다. "아니다, 우리야말로 진짜이고, 너희가 가르치는 것이 그릇된 것이다." 그렇게 그들은 싸우고 헐뜯고 욕설을 퍼부으면서 서로를 속이고 기만했다.[20] 그것뿐만 아니라 우리들 중에는 누가 옳고 그른가는 신경도 쓰지 않고, 우리가 하는 활동을 통해 오로지 자신의 사리사욕만을 채우려는 사람들도 많았다. 이 모든 행태들로 인해 나는 우리가 가진 신앙의 진실성을 의심하게 되었던 것이다.

그 외에도 이런 문인들의 신앙 자체의 진실성을 의심하게 되자, 나는 이 신앙의 사제들을 더 주의 깊게 관찰하게 되었고, 그 결과 이 신앙의 사제인 문인들 거의 대부분이 비윤리적인 사람들이라는 확신에 이르렀다. 그들은 대부분 성격이 안 좋고 보잘것없는 사람들이었으며 과거에 방탕한 군대 생활에서 만났던 그 어떤 사람들보다도 훨씬 더 저열했다. 그런데 그들은 거룩함이 뭔지도 모르면서 완벽한 성인인 척하며 흡족해하는 사람들처럼 자기 확신과 자기만족에 가득 차 있었다. 나는 그런 사람들에게 혐오감을 느꼈고, 또 그런 나 자신에게도 혐오감을 느꼈다. 그리고 이 신앙이 기만이라는 사실을 깨달았다.

하지만 묘하게도 나는 이 모든 거짓 신앙을 깨닫고 재빨리 그것을 거부했음에도 불구하고 이 사람들이 나에게 준 지위, 즉 예술가요 시인이며 교사라는 지위는 거부하지 않았다. 나는 단순하게 내가 시인이며 예술가라고, 그리고 뭘 가르치는지도 모르면서 사람들을 가르칠 수 있다고 생각했고 또 그렇게 행동했다.

이 사람들과 가깝게 지내면서 내게는 새로운 악덕이 생겼다. 그것은 병적으로 커진 자만심과 뭘 가르쳐야 하는지도 모르면서 사람들을 가르치는 소명을 받았다는 광적인 자기 확신이었다.

지금, 그 시절과 그 시절 나의 심정이나 그 사람들(지금도 그런 사람들은 수없이 많지만)의 심정을 돌이켜 생각해 보니, 서글픔과 두려움 그리고 우스꽝스러움마저 느껴진다. 정신병원을 경험한 사람이 느끼는 감정이 흡사 이런 느낌일 것 같다.

그 당시 우리는 모두 말을 해야 한다고 확신했다. '가능한 한 빨리, 가능한 한 많이 말을 하고 글을 쓰고 책을 펴내야 한다. 이 모든 것이 인류의 행복을 위해 꼭 필요한 것이다.'라고 생각했던 것이다. 그래서 우리 가운데 수천 명은 서로를 부정하고 서로에게 욕설을 퍼부으면서도 동시에 다른 사람을 가르친답시고 한결같이 글을 쓰고 책을 펴냈다. 그러면서 우리는 인생에서 가장 단순한 질문인, 무엇이 옳고 무엇이 그른가에 대해서 뭐라고 답해야 할지 모르고 있다는 사실을 전혀 깨닫지 못한 채, 다른 사람의 말은 듣지 않고 모두 한꺼번에 자기 말만 하였던 것이다. 때로는 서로를 묵인해주고 또 칭찬해주기도 했는데, 그것은 자기 역시 묵인 받고 칭찬 받기 위해서였다. 하지만 또 때로는 있는 대로 화를 내면서 서로 격한 말을 퍼붓기도 했는데, 그야말로 정신병원과 다를 바 없었다.

수천 명의 근로자들이 밤낮없이 있는 힘을 다해 일하면서 수만 개의 단어들을 고르고 찍어냈으며, 우체국은 그것들을 러시아 방방곡곡에 실어 날랐다. 그래도 우리는 계속해서 점점 더 많이 가르치고, 가르치고, 또 가르쳤지만 결코 만족하는 법이 없이 오히려 사람들이 우리가 하는 말을 듣지 않는다고 화를 내기 일쑤였다.

정말 이상하기 짝이 없는 일이었지만 이제는 이해가 간다. 우리가 마음 깊이 정말 진심으로 원한 것은 가능한 한 더 많은 돈을 벌고 칭찬을 받는 것이었다. 이 목적을 이루기 위해 우리가 할 줄 아는 것이라곤 책을 쓰고 신문을 내는 일 밖에 없었다. 그래서 그렇게 했던 것이다. 하지만 그토록 무익한 일을 하면서도 우리가 매우 중요한 인물이라는 확신을 갖기 위해서는 우리의 활동을 정당화시켜 줄 어떤 이론이 필요했다.

그래서 우리는 다음과 같은 논리를 만들어냈다. 즉 "존재하는 모든 것은 이성적인 것이다.[21] 또한 존재하는 모든 것은 발전한다. 그리고 발전은 계몽을 통해서 이루어진다. 계몽의 척도는 책과 신문의 보급률이다. 우리가 돈을 받고 또 존경을 받는 이유는 우리가 책과 신문을 펴내기 때문이다. 그래서 우리는 그 누구보다도 유익하고 좋은 사람들이다."라고 말이다. 만약 우리가 전부 다 이 말에 동의했다면, 이는 정말 좋은 이론이었을 것이다. 하지만 하나의 사상을 제기하는 사람이 있으면, 항시 정반대의 사상을 제기하는 사람이 있기 마련이다. 그리하여 각 사람은 자기 자신을 살펴 볼 수밖에 없는 것이다. 하지만 우리는 이런 것에 주의를 기울이지 않았다. 사람들이 우리에게 돈을 대주었고, 우리 편 사람들은 우리를 칭송해댔다. 그리하여 우리는 저마다 스스로를 올바른 사람으로 여겼다.

지금이야 그 모든 현상들이 정신병원에서 일어나는 일과 조금도 다를 바 없다는 것을 분명히 알게 되었지만, 그 당시에 나는 그저 막연한 의혹만을 품고 있었기에, 미친 사람들이 다들 그러하듯 나 이외에 다른 모든 사람들이 미쳤다고 생각했던 것이다.

III

 그렇게 나는 결혼 전까지[22] 육 년을 더 이 미친 짓에 몰두하며 살았다. 이 무렵 나는 해외로 나갔다.[23] 유럽에서의 생활과 유럽의 진보주의자들과 학자들과의 교제는 내 삶의 지주였던 보편적 자기완성에 대한 나의 신앙을 더욱 공고하게 만들어 주었다. 동일한 신앙을 그들에게서도 발견했기 때문이었다. 이 신앙은 내 속에서 우리 시대 대부분의 지식인들이 지녔던 통상적인 외형을 취했다. 이 신앙은 '발전'라는 말로 표현되었다. 그 당시 나는 그 단어가 뭔가를 말해주는 것 같은 느낌이 들었다. 살아있는 모든 사람들이 다 그렇듯, 어떻게 하면 더 잘 살 수 있을까라는 질문에 고뇌하고 있던 나는 그 해답이 진보를 추구하며 사는 데에 있다고 말하곤 했다. 하지만 그때만 해도 나는 이 말이, 조각배에 몸을 싣고 풍랑에 떠밀려 다니는 사람이 자신에게 가장 중요한 단 한 가지 질문, 즉 '어디에 정박할 것인가?'라는 질문에 어떻게 답해야할지 몰라

'어디론가 이끄는 대로'라고 말하는 것과 다를 바 없다는 것을 모르고 있었다.

그 당시 나는 그걸 깨닫지 못했다. 인생에 대해 무지하다는 사실을 깨닫지 못하게 만드는 우리 시대 공공의 맹신에 대해 가끔씩이라도 반기를 들고 나서는 것은 나의 이성이 아니라 감정이었다.[24] 파리에 머무를 때, 나는 교수형이 벌어지는 광경을 통해[25] 진보에 대한 나의 맹신이 얼마나 무모했는지 알게 되었다. 거기서 나는 어떻게 머리가 몸에서 잘려져, 머리와 몸통이 따로따로 상자 속으로 떨어지는지를 보았다. 그때 나는 존재와 진보에 관한 그 어떤 이성적 이론도 이런 행위를 정당화할 수는 없다는 것을 이성이 아니라 온 존재로 깨달았던 것이다. 그리고 이 세상 모든 사람들이 그 어떤 이론을 들어서든, 이것이 천지창조 이래로 늘 필수불가결한 것이었다고 간주할지라도, 나는 교수형이 불필요하며 또 나쁜 것임을 알고 있다. 또한 그래서 무엇이 좋고 필요한 것인지를 판단하는 것은 세상 사람들의 말이나 행동 혹은 진보가 아니라 심장을 지닌 나 자신임을 알게 되었다. 진보에 대한 맹신이 인생에 별반 도움이 안 된다는 것을 깨닫게 된 또 다른 계기는 형의 죽음이었다. 총명하고 선량하며 신실한 사람이었던 형은 젊었을 때 병에 걸려 일 년 넘게 시달리면서 고통스럽게 죽어갔다.[26]

왜 살았는지도 모르고 또 왜 죽어야만 하는지는 더더욱 모른 채 죽은 것이다. 그 어떤 이론도 고통 속에서 서서히 죽어가는 형에게 그리고 나에게 이런 의문에 대한 해답을 주지는 못하였다.

하지만 이건 그저 드물게 일던 의혹의 순간들에 지나지 않았고, 실제로 나는 오로지 진보만을 신봉하면서 계속 살아나갔다. '모든 것은 발전하고, 나 또한 발전한다. 내가 모든 것과 더불어 발전해 나가는 목적이 무엇인지는 나중에 알게 될 것이다.' 당시 나는 나의 신앙을 이런 형식으로 표현할 수밖에 없었다.

외국에서 돌아오자 나는 시골에 거주하며 농민 학교 활동에 몰두했다.[27] 이 사업은 내가 특별히 마음에 둔 일이었다. 왜냐하면 그 일에는 내가 문필 활동을 하며 질릴 정도로 명료하게 느꼈던 허위가 없었기 때문이었다. 물론 여기에서도 나는 진보라는 이름을 내걸고 활동하긴 했지만, 이미 진보 자체에 대해 비판적인 시각을 갖고 있었다. 그래서 나는 나 자신에게 이렇게 말하곤 했다. 진보는 성취되는 과정에서 종종 잘못된 방식을 취할 때가 있다. 따라서 나는 순박하기 그지없는 농민 자녀들에 대해서는 완전히 자유로운 태도를 취하여 그들이 원하는 진보의 길을 그들 자신이 선택하게 해야 한다고 말이다.

  하지만 실제에 있어서 나는 여전히 해결되지 않는 똑같은 과제 주위를 맴돌 뿐이었다. 그것은 바로 내가 무얼 가르쳐야 하는지를 모르는 채 가르치고 있다는 사실이었다. 문학 활동의 수준이 높아지자 무얼 가르쳐야 하는지 모르는 상태에서 가르친다는 것이 불가능하다는 것을 분명히 깨달았다. 왜냐하면 사람들이 모두 제각기 다른 것을 가르치면서, 논쟁이라는 행위를 통해 이것이 무지에서 비롯된 것임을 스스로 은폐하고 있었기 때문이었다. 하지만 농민의 자녀들과 함께 하는 경우에는 아이들이 원하는 것을 가르쳐줌으로써 그런 어려움을 피해갈 수 있으리라고 나는 생각했다. 그때 나는 필요한 것이 무엇인지 나 자신이 알지 못하기 때문에 누군가에게 무엇이 필요한지를 가르칠 수는 없음을 마음 속 깊이 너무나도 잘 알고 있었지만, 가르치는 것에 대한 나 자신의 욕망을 채우기 위해 얼마나 설치고 다녔는지, 돌이켜보면 실소를 금할 수 없다. 교육 사업으로 일 년 정도를 보낸 후에 나는 또 다시 외국으로 나갔다.[28] 자신은 아무것도 모르면서 다른 사람들을 가르치기 위해서는 어떻게 해야 하는지를 거기서 배우기 위해서였다.

  그리하여 외국에서 이것을 확실히 터득했다고 생각한 나는 온갖 지식으로 무장을 하고는 농민 해방이 일어난 해에 러시아로 돌아왔다. 그러고는 농지조정원[※29] 직책을 맡아 활동하며, 교육을 받지 못한 농민들은 학교에서, 그리고 교육을 받은 사람들은 내가 발간하기 시작한 잡지를 통해 가르치기를 시작했다.[30] 일은 순조롭게 진행되는 것 같았지만, 나는 정신적으로 건강하지 못한 내가 그걸 오래 지속할 수 없을 것 같은 느낌이 들었다. 만약 그 당시 내게 구원을 약속해 준 인생의 또 다른 영역이 없었다면, 아마도 나는 내가 오십 살에 느꼈던 절망감과 똑같은 것을 그때에 이미 경험했을 지도 모른다. 그 영역은 바로 가정생활이었다.

일 년 동안 나는 농지조정원과 학교 일, 그리고 잡지 만드는 일에 종사했는데, 이 일들이 한데 뒤엉키며 엄청난 고통을 맛보았다. 농지조정원에서 벌어지는 분쟁은 견디기 힘들어졌고, 학교에서의 활동도 미미해졌다. 그리고 잡지 발간에 대한 나의 영향력에도 염증을 느끼게 되었다. 이 모든 것의 원인은 한 가지, 즉 무엇을 가르쳐야 할지 모른다는 사실을 숨긴 채 모든 사람을 가르치고자 하는 나의 바람에 있었다. 그리하여 나는 육체적이라기보다는 정신적으로 병을 얻어 모든 것을 그

※ 농지조정원(посредник): 농민 해방 때 생긴 기구. 농지 배분 업무를 담당하였다. 톨스토이는 같은 명칭으로 농민을 위한 출판사를 세워 운영하였다.

만두고 바쉬키르인들이 사는 스텝 지역으로 떠났다.[31] 신선한 공기와 마유주를 마시며 야생의 삶을 살기 위해서였다.

여행에서 돌아온 나는 결혼을 하였다.[32] 행복한 가정생활이라는 새로운 환경은 보편적인 인생의 의미를 추구하는 모든 활동으로부터 나를 떼어놓았다. 이 시기에 나의 모든 생활은 가족, 즉 아내와 아이들에게 집중되었고, 그렇다보니 재산을 늘리는 데에도 집중하게 되었다. 이미 진보에 대한 보편적인 추구로 대체되었던 자기완성에 대한 추구가 이제는 가능한 한 내 가족을 행복하게 만들고 싶다는 직접적인 노력으로 대체된 것이었다. 그렇게 또 십오 년이 지나갔다.

십오 년 동안 나는 저술 활동을 별 가치 없는 일이라고 생각하면서도 글쓰기는 멈추지 않았다. 이미 글쓰기가 주는, 그리고 하찮은 작품에 대한 엄청난 금전적 보수와 박수갈채가 주는 매혹적인 맛을 보았던 것이다. 그래서 나의 물질적인 상황을 호전시키면서 동시에 나 자신과 다른 모든 사람들의 마음 깊숙한 데서부터 올라오는 인생의 의미에 대한 온갖 의문들을 몰아내기 위한 수단으로 글쓰기에 몰두했다.

가능한 한 가족들과 함께 행복하게 사는 것이 유일한 진리라고 훈계하며 나는 글쓰기를 지속했다.

그렇게 삶을 살다가 오년 전에 뭔가 몹시 이상한 일이 내게 일어나기 시작했다. 어느 순간 어떻게 살아야 할지, 무엇을 해야 할지, 아무것도 알 수 없다는 무력감과 함께 삶이 정지해버린 것 같은 느낌이 나를 덮친 것이다. 나는 혼란에 빠졌고 우울해졌다. 하지만 그런 상태는 곧 지나갔고, 나는 예전과 같은 생활을 계속했다. 그러다가 나중에는 이런 무력감의 순간이 동일한 형태로 점점 더 자주 반복되는 것이었다. 삶이 정지해버린 듯한 이 느낌은 언제나 다음과 같은 동일한 질문을 통해 표출되곤 하였다. "왜?", "그래, 그렇다면 그 다음은?"[33]

처음에는 이 질문들이 아무 의미 없고 쓸데없는 질문이라는 생각이 들었다. 이 문제들은 모두 너무나도 잘 알고 있는 것이므로 문제를 풀고자 마음만 먹으면 별반 힘들일 필요가 없을 거라는 생각이었다. 그저 지금은 이런 것에 신경 쓸 시간이 없어서 그렇지, 조금만 시간을 들여 숙고해보면 금방 해결할 수 있는 문제들이라고 생각했던 것이다. 하지만 이런 질문은 점점 더 자주 반복되었고, 그럴수록 더욱 더 집요하게 해답을 요구했다. 해답이 없는 이 질문들은 마치 똑같은 곳에 계속 떨어져서 검은 반점을 만드는 먹물 방울과 같았다.

치명적인 속병에 걸린 모든 사람들에게 일어나는 일이 일어난 것이다. 처음에는 별거 아닌 그저 약간 거북한 느낌만 증세를 보여 환자는 별반 신경을 쓰지 않다가 이후 증세가 점점 더 반복되면서 급기야 떨쳐버릴 수 없는 고통이 된다. 고통은 점점 커지고 어느 순간 환자는 그저 약간 거북한 느낌으로만 치부했던 것이 세상에서 가장 중대한 일, 바로 죽음이었음을 깨닫게 된다.

똑같은 일이 나에게도 벌어졌다. 이건 그저 우연한 거북함이 아니라 뭔가 매우 중요한 일이며, 계속 같은 의문이 반복되면, 거기에 답을 해야 한다는 것을 나는 깨달았다. 그래서 나는 대답을 하려고 노력했다. 그 질문들은 어리석고, 단순하고 유치해 보였다. 하지만 그 질문들에 대응하기 시작하고 문제를 풀어보려고 애를 쓰면서, 그 즉시 나는 다음과 같은 사실들을 분명하게 깨닫게 되었다. 첫째, 이 질문은 유치하고 어리석은 질문이 아니라 인생에서 가장 중요하고 심오한 문제이다. 그리고 둘째, 아무리 거듭하여 생각해 보아도 나는 이 문제들을 풀 수 없다는 사실이다. 사마라에 있는 영지를 관리하고 나의 자식들을 교육하고 저술 활동을 하기에 앞서 내가 왜 이 일들을 하려고 하는지를 알아야 한다. 이유를 알기 전에 나는 아무것도 할 수 없다. 당시 몹시 열중하고 있던 농지경영에 관해 생각하다가 문득 이런 질문을 하게 되었다. "그래, 좋다. 너는 사마라 현에 6천 데사치나*의 땅과 3백 마리의 말을

❋ 미터법 시행 이전의 토지 면적 단위. 1데사치나는 1,092헥타르.

소유하게 될 것이다. 그래, 그 다음에는?" 그러자 나는 완전히 망연자실한 상태가 되어 더 이상 어떻게 생각해야 할지를 몰랐다. 그런가하면 내가 어떻게 아이들을 키울지를 생각하다가 나 자신에게 "왜?"라고 묻기도 하였다. 또 어떻게 농민들이 복지를 누릴 수 있을까 고민하다가 갑자기 이런 생각이 들기도 했다. "이런 게 나와 무슨 상관이 있단 말인가?" 또 어떤 때는 나의 저술들이 내게 가져다 줄 명예를 생각하다가도 이렇게 중얼거리기도 했다. "그래 좋다. 너는 고골이나 푸쉬킨, 셰익스피어, 몰리에르, 이 세상의 그 어느 작가보다도 더 유명해질 거다. 그래, 그래서 어쩌란 말인가!"

  나는 아무 말도, 정말이지 아무 말도 대답할 수가 없었다.

IV

 나의 삶은 멈춰버렸다. 물론 숨 쉬고 먹고 마시고 잠을 잘 수는 있었다. 숨을 쉬지도, 먹지도, 마시지도 또 잠을 자지도 않으면서 지내는 건 불가능했다. 하지만 그것은 살아도 산 것이 아니었다. 뭔가 의미 있다고 생각하면서 성취하기를 소망할 만한 것이 아무것도 없었기 때문이다. 내가 무엇인가 원하는 것이 있다고 하더라도, 그것의 성취 여부와 관계없이 아무 의미가 없다는 것을 나는 처음부터 알고 있었던 것이다.

 만일 요술쟁이 할멈이 내게 와서 내 소원을 들어준다고 해도, 나는 무슨 말을 해야 할지 몰랐을 것이다. 술에 취했을 때는 소망이라고까지는 할 수 없겠지만 이제까지의 타성으로 몇 가지 원하는 바를 말했을지 모르겠다. 하지만 술이 깨고 나면 결국 그것이 허상이었고, 소망할 만한 것은 아무것도 없음을 알게 된다. 심지어 나는 진리를 깨닫는 것조차 원할 수가 없었다. 무엇이 진리인지 알아챘기 때문이다. 인생이란 무의미하다는 것, 그것이 진리였다.

나는 삶을 산다고 살았고 또 이제까지 끊임없이 걸어왔지만, 결국 도착한 곳은 심연이었으며, 내 앞에는 파멸 외에 아무것도 없다는 것을 확실히 알게 되었다. 그렇다고 멈춰 설 수도 뒤로 돌아갈 수도 없었다. 또 앞으로 펼쳐질 것은 허위에 찬 삶과 행복 그리고 진짜 고통과 죽음 외에는, 그야말로 완전히 멸망하는 것 외에는 아무것도 없다는 것을 외면하기 위해 눈을 감을 수도 없었다.[34]

나는 사는 게 싫어졌다. 저항할 수 없는 어떤 힘이 나를 어떤 식으로든 삶에서 이탈시키려고 끌어당기고 있었다. 자살을 원한 것은 아니었다. 하지만 나를 삶에서 끌어내리는 힘이 삶을 향한 나의 욕구보다 훨씬 더 강력하고 완벽하고 또 정상적이었다. 그것은 지난 날 삶에 대해 내가 가졌던 갈망과 닮아 있었다. 단지 방향이 반대일 뿐이었다. 나는 온 힘을 다해 삶에서 이탈하려고 애를 썼다. 지난 날 더 나은 삶을 살기 위한 생각들이 솟아났던 것처럼 자연스럽게 자살에 대한 생각이 스며들었다. 그런데 이 생각이 얼마나 매혹적이었는지 너무 성급하게 자살을 결행하지 않도록 나 스스로에게 묘책을 세우지 않으면 안 될 정도였다. 내가 서둘러 자살하기를 원치 않았던 까닭은 일단 먼저 최선을 다해 이 모든 현상의 원인을 규명하고 싶었기 때문이었다. 만약 그것을 밝히지 못한다면, 그때 자살해도 늦지 않으리라, 스스로를 다독였던 것이다. 그 당시 그야말로 행복한 사람이었던 나는 매일 밤 혼자 남게 되는 방안에서 옷을 갈아입다가 선반과 선반 사이의 횡목에 목을 매는 일이 발생하지 않도록 방에 있는 끈들을 모두 치워버려야 했다. 그리고 너무나도 순식간에 나의 생명을 제거하고픈 유혹에 사로잡히지 않도록 총기를 들고 사냥에 나가는 것도 그만 두었다. 나 자신도 내가 무엇을 원하는지 몰랐다. 나는 삶을 두려워하고 삶에서 벗어나려고 애를 쓰면서도 여전히 삶 속에서 무엇인가를 기대하고 있었던 것이다.

 나에게 이 일이 벌어진 건 내가 완전한 행복으로 여기던 모든 것들에 둘러싸여 있던 시절이었다. 내가 오십 살이 채 되지 않았던 때의 일이었다. 내게는 선량하고 애정이 넘치며 사랑스럽기 그지없는 아내, 훌륭한 자식들, 그리고 내가 별반 수고하지 않아도 저절로 불어나는 널따란 영지가 있었다. 또한 그 어느 때보다 친구들과 지인들에게 많은 존경을 받고 있었고, 타인에게도 칭송을 받았으므로 특별한 자기도취가 아니더라도 이미 명성을 소유하고 있다고 여겨졌다. 게다가 육체적으로나 정신적으로나 건강했을 뿐만 아니라, 내 또래사람들에게서 좀처럼 찾아볼 수 없을 정도로 정신적으로 또 육체적으로 왕성한 힘을 가지고 있었다. 나의 육체는 농부에 뒤지지 않을 정도로 들판에서 풀베기를 할 수 있었고, 나의 지력은 여덟 시간 내지 열 시간 동안 쉬지 않고 일을 해도 피로를 느끼지 않을 정도였다. 그런데 그런 상태에서 나는 더 이상 살 수가 없다고 느낀 것이며, 또 죽음이 두려워서 스스로 생명을 끊지 않도록 스스로에게 묘책을 세우지 않으면 안 되었던 것이다.

이런 정신 상태는 마치 나의 삶이 나를 가지고 누군가가 연출한 어리석고 악의에 찬 장난임을 드러내는 듯했다.[35] 당시 나는 나를 창조한 어떤 존재도 인정하지 않았었다. 그러나 아무리 거듭 생각해 보아도 누군가 나를 이 세상에 보내어 나를 가지고 어리석고 악의에 찬 장난을 벌이고 있다는 것 외에 달리 생각할 도리가 없었다.

내가 꽉 채운 삼사십 년을 어떻게 살아왔는지, 즉 배우고 성장하며 몸과 정신이 성숙해져서 지금의 나처럼 지성도 매우 발달하게 되고 그야말로 인생의 정상에 이르러 인생을 전부 조망할 수 있게 되어서야 비로소 인생에는 아무것도 없다는 것을, 아무것도 없었고 또 앞으로도 아무것도 없을 것이라는 사실을 분명히 깨닫게 된, 그야말로 바보 중의 바보가 되어 인생의 정상에 서 있는 나를 누군가가 지켜보면서, "저 친구, 재미있는 걸…" 하면서 조롱하고 있다고 생각할 수밖에 없었던 것이다.

그러나 나를 조롱하는 누군가가 존재하나 존재하지 않으나 내게는 마찬가지였다. 나는 행위 하나에도 나의 모든 인생에도 아무런 합리적인 의미를 부여할 수 없었다. 어떻게 애초에 이런 사실을 깨닫지 못했는지 놀라울 뿐이었다. 이 모든 것은 아주 오래전부터 모든 사람이 알고 있던 사실이었다. 이제 머지않아 내 사랑하는 사람들에게 또 나에게도 질병과 죽음이 찾아올 것이고(이미 오기도 했지만)[36], 그러면 악취와 구더기밖에 남지 않게 될 것이다. 나의 작품들은 그게 어떤 것이었든지 모두 잊혀질 것이고, 조만간 나 역시 사라질 것이다. 그런데도 왜 그렇게 집착을 하는 것일까? 어떻게 사람들은 이 사실을 보지 않고 살 수 있는 것일까? 정말 놀랍지 않은가! 인간은 단지 삶에 취해 있는 동안만 살 수 있을 뿐이며, 깨어나는 순간 이 모든 것은 단지 기만, 어리석기 짝이 없는 기만에 지나지 않는다는 것을 깨닫지 않을 수 없다는 사실! 그야말로 재미있고 기발한 것은 하나도 없고, 그저 참혹하고 어리석은 것만이 있을 뿐이다.

오래전부터 전해 내려오는 동양의 우화 중에 광야에서 성난 맹수의 습격을 받은 나그네에 관한 이야기가 하나 있다.[37] 나그네는 맹수에게서 도망을 치다가 물이 말라 빈 우물 속으로 뛰어들었고, 그 우물 바닥에 그를 한입에 삼키려고 입을 크게 벌리고 있는 큰 뱀이 있는 것을 보았다. 그래서 성난 맹수에게 잡아먹힐까봐 올라가지도 못하고, 또 뱀에게 잡아먹힐까봐 바닥으로 뛰어내리지도 못하던 불쌍한 나그네는 우물 벽 틈에서 자란 질긴 덤불 가지를 움켜잡고 매달려 있었다. 얼마 뒤 팔에서 힘이 빠지자, 이제 곧 자기를 기다리고 있는 양단간의 파멸 가운데 어느 한 쪽에 몸을 던지지 않으면 안 된다는 것을 깨닫게 된다. 그래도 그는 버틸 수 있는 한 계속 버티면서 주위를 둘러보는데, 한 마리는 까맣고 또 한 마리는 하얀 생쥐 두 마리가 나란히 다가오더니 그가 매달려 있는 덤불 가지를 갉아먹는 것이 보였다. 이제 머지않아 덤불 가지는 가늘어져 저절로 끊어질 것이고, 그러면 나그네는 뱀의 입 속으로 떨어질 것이 뻔했다. 이를 본 나그네는 알게 되었다, 이제 꼼짝없이 죽게 되었다는 걸. 그런데도 그는 가지에 매달려 주위를 둘러보던 중 덤불 잎사귀에 꿀이 몇 방울 맺혀있는 것을 발견하고는 혀를 내밀어 그 꿀을 핥아먹는 것이 아닌가. 이와 마찬가지로 나 역시 나를 갈기갈기 찢으려고 기다리고 있는 죽음이란 뱀으로부터 도저히 피할 수 없다는 것을 알면서 인생이란 가지를 붙잡고 있는 것이다. 그러면서도 내가 왜 이런 고통 속에 빠지게 되었는지 전혀 알아차리지 못한 채 나는 지난 날 나에게 위안을 준 꿀을 핥아먹으려고 애쓰고 있었다.[38] 하지만 그 꿀도 이제 더 이상 기쁨을 주지 못하고, 하얀 생쥐와 검은 생쥐가 밤낮을 가리지 않고[※] 내가 매달려 있는 가지를 갉아먹고 있는 것이다. 내 눈에는 뱀이 뚜렷이 보이고, 꿀은 이미 단 맛을 잃었다. 내 눈에 보이는 건 오직 피할 길 없는 뱀과 생쥐들뿐이고, 그것들로부터 도저히 눈을 뗄 수가 없게 된 것이다. 이것은 단순한 우화가 아니다. 이것은 반박의 여지가 없는, 누구나 수긍할 수밖에 없는 참된 진실인 것이다.

공포스런 뱀의 존재를 잊게 만들었던 삶의 기쁨이라는 지난날의 기만은 이제 더 이상 나를 기만하지 못한다. '너는 인생의 의미를 이해할 수 없으니 생각하지 말고 그냥 살라'고 누군가 나에게 아무리 말한다 해도, 나는 그렇게 할 수 없다. 이미 너무나 오랫동안 그렇게 살아왔기 때문이다. 이제 나는 나를 끌고 죽음을 향해 달음질치고 있는 낮과 밤을 외면할 수 없다. 내게 보이는 것이라곤 오직 그것뿐이다. 왜냐하면 오직 그것만이 진실이기 때문이다. 다른 것은 모두 허위에 불과하다.

※ 하얀 쥐는 낮을, 까만 쥐는 밤을 상징한다.

다른 어느 것보다도 더 오랫동안 잔혹한 진실을 보지 못하게 만들었던 두 방울의 꿀, 즉 가족에 대한 사랑과 내가 예술이라고 부른 창작에 대한 사랑도 이젠 더 이상 달콤함을 주지 못한다.
　"가족이라…" 나는 내 스스로에게 말하곤 했다. 그런데 가족, 즉 아내와 아이들도 역시 사람이다. 그들도 나와 똑같은 상황에 처해있다. 그들도 허위 속에서 살아가거나 아니면 잔혹한 진실을 바라봐야 하는 것이다. 그들은 왜 살아야 하는가? 나는 왜 그들을 사랑해야 하고, 그들을 보살피고 양육하고 보호해야 하는가? 내가 빠져있는 것과 똑같은 절망으로 그들을 이끌기 위해서인가? 아니면 삶에 대한 그들의 인식을 무디게 만들기 위해서인가? 나는 그들을 사랑한다. 나는 그들에게서 진실을 숨길 수가 없다. 인식의 한 걸음 한 걸음은 그들을 이 진실로 이끌어 갈 것이다. 그 진실이란 바로 죽음이다.
　'그렇다면 예술과 문학은?' 나의 성공에 대해 사람들이 칭송하는 소리를 들으면서 나는 오랫동안 비록 죽음이 다가오고 있고, 그 죽음이 모든 것, 즉 나와 나의 작품들 그리고 그것들에 대한 나의 기억마저 파괴한다 할지라도, 이것이 내가 할 수 있는 일이라고 확신해왔다. 하지만 나는 곧 이것 역시 기만이란 사실을 깨달았다. 예술은 삶의 장식이며 삶에 대한 유혹임을 나는 분명히 알았다. 하지만 삶이 내게 더 이상 매력적이지 않은데 어떻게 내가 다른 사람들을 삶으로 유인할 수 있겠는가? 내가 나의 삶을 살지 않고 어떤 낯선 삶의 흐름에 내 자신을 맡겼던 동안, 또한 뭐라 표현하긴 힘들지만 인생에는 의미가 있다고 내가 믿었던 동안, 문학과 예술 속에 반영된 모든 종류의 삶의 모습이 나에게 기쁨을 선사했고, 예술이라는 작은 거울에 비춰진 삶을 바라보는 게 즐거웠다. 하지만 내가 인생의 의미를 찾기 시작하고 내 자신의 삶을 살아야 한다고 느꼈을 때, 이 거울은 내게 불필요한 잉여의 어떤 것이었으며, 우스꽝스러운 것이거나 혹은 괴로운 것이 되었다. 나는 거울을 통해 어리석고 절망적인 나의 상태를 보면서 더 이상 위로를 받을 수 없었다. 나의 인생에 어떤 의미가 있다고 마음 깊은 곳에서 믿었을 때는 이런 것에 기뻐할 수 있어서 좋았다. 그땐 인생에서 희극적이고 비극적이며 감동적이고 아름답고 끔찍한 빛과 그림자의 유희가 나에게 즐거움을 주었다. 하지만 삶이 무의미하고 끔찍하다는 사실을 알았을 때, 거울 속의 유희는 더 이상 내게 쾌락을 주지 못했다. 내가 죽음이라는 뱀과 내 삶의 지지대를 갉아먹고 있는 생쥐들을 본 이상, 그 어떤 꿀의 달콤함도 내게는 달콤할 수가 없었던 것이다.

하지만 이게 전부가 아니다. 만일 내가 인생이 무의미하다는 것을 그저 단순하게 이해하고 넘어갔다면, 나는 이것이 나의 운명이려니 하고 조용히 받아들였을 것이다. 하지만 나는 그것으로 진정할 수가 없었다. 만일 내가 숲에서 빠져나갈 길이 없다는 것을 애초에 알면서 숲에 살고 있는 사람이었다면, 나는 그냥 살 수 있었을 것이다. 하지만 나는 숲에서 길을 잃은 사람과 같았다. 길을 잃었다는 공포감에 사로잡혀 갈팡질팡하면서, 걸음을 옮기면 옮길수록 더 깊은 산속으로 빠지게 된다는 것을 알면서도 출구를 갈망하며 계속 허우적거리는 사람과 같았던 것이다.

바로 이것이 두려웠던 것이다. 이 두려움에서 벗어나기 위해 나는 자살을 원했었다. 나를 기다리고 있는 것 앞에서 나는 두려움을 느꼈다. 물론 나는 이 공포가 현재의 상태보다 더 두려운 것임을 알고 있었다. 하지만 나는 그 공포를 몰아낼 수 없었고 잠잠히 인내하며 종말을 기다릴 순 없었다. 어찌됐건 심장의 혈관이 파열하거나 뭔가가 터지게 되고, 그러면 모든 게 끝난다는 이론이 제아무리 확실하다해도 가만히 앉아서 종말을 기다릴 순 없을 것 같았다.

어둠의 공포[39]가 너무 컸고, 그렇기에 나는 끈이나 총의 힘을 빌려 조금이라도 빨리 그 공포로부터 벗어나려고 했었다.

바로 이런 느낌이 무엇보다도 강력하게 나를 자살로 이끌었던 것이다.

"그런데 혹시 내가 무언가 잘못 본 건 아닐까? 뭔가 깨닫지 못한 어떤 것이 있는 건 아닐까?" 나는 몇 번이고 내 자신에게 되뇌어 말하곤 했다. "이런 절망의 상태가 모든 사람에게 일반적인 것일 리는 없다." 그래서 나는 사람들이 이루어놓은 제(諸)학문에서 내 의문에 대한 해답을 찾으려고 노력했다. 괴롭고도 긴 시간 동안 지속된 나의 탐구는 한가한 호기심에서 비롯되거나 지지부진하게 진행된 것이 아니었다. 나는 죽어가는 인간이 구원을 갈구하듯 고통을 참아가며 밤낮없이 끈질기게 답을 구했다. 하지만 아무것도 발견할 수가 없었다.

나는 온갖 지식 속에서 그 해답을 구했지만 아무것도 찾지 못하였다. 뿐만 아니라 나처럼 지식에서 해답을 추구했던 다른 사람들 역시 모두 아무것도 찾아내지 못했음을 분명하게 알게 되었다. 나아가 나를 절망으로 이끈 바로 그 점, 즉 인생이 무의미하다는 사실이야말로 의심의 여지가 없이 태곳적부터 이어져 온 지식이라는 것을 그들 역시 확실하게 인정하였음을 알게 되었다.

나의 탐구는 모든 분야에서 계속되었다. 그리고 나 자신의 학구적 생활과 학계와의 교류 덕분에 나는 모든 분야의 학자들을 접할 수 있었는데, 그들은 책뿐 아니라 대화를 통해서도 그들이 알고 있는 지식을 아낌없이 제공해 주었다. 그리하여 나는 인생에 관한 의문점에 대해 학문이 줄 수 있는 모든 해답을 알게 되었다.

인생의 의문들에 대해 학문이 그런 식의 대답 외에 다른 대답을 하지 못한다는 것을 나는 오랫동안 도저히 믿을 수가 없었다. 인간의 삶과 전혀 접점이 없는 관점을 확신에 찬 어조로 주장하는 학문이 보이는 자긍과 진지함을 지켜보며 나는 오랫동안 내가 뭔가 이해하지 못한 점이 있으리라 생각하였다. 오랫동안 나는 학문 앞에서 잔뜩 주눅 든 채 나의 의문과 학문의 해답이 불일치하는 이유를, 그 책임이 학문에 있지 않고 나의 무지에 있을 거라고 생각했다. 하지만 나에게 이 문제는 농담이나 장난이 아닌 나의 전 인생이 걸린 문제였다. 그래서 나는 자연스레 내가 가진 의문은 모든 지식의 기반을 이루는 정당한 질문이고, 그래서 모든 책임은 그런 의문을 가진 내가 아니라, 그런 질문에 답할 엄정함을 지닌 학문에 있다는 확신에 이르게 되었다.

오십 세의 나이에 나를 자살의 충동으로 이끌었던 질문은 분별력이 떨어지는 어린아이부터 현명한 노인에 이르기까지 모든 사람들의 마음속에 담겨있는 단순하기 그지없는 질문이었다. 실제 나의 경험 상 그런 질문이 없는 삶은 불가능했다. 그 질문이란 바로 이것이다. "지금 내가 하고 있는 것, 내일 내가 하게 될 것의 결과는 무엇인가? 다시 말해 내 모든 삶의 결과는 무엇인가?"

이 질문은 달리 표현하면 다음과 같은 질문이라 할 수 있을 것이다. "내가 사는 이유는 무엇인가? 희망을 갖는 이유는 무엇이며, 뭔가를 행하고 있는 이유는 무엇인가?" 이것을 또 다른 식으로 표현하자면 이런 질문이 될 수 있을 것이다. "내 앞에 놓여있어 어찌하여도 피할 길 없는 죽음이 결코 파괴하지 못할 그 어떤 의미가 내 삶에 있는가?"

다양하게 표현할 수 있지만 실상은 동일한 이 질문을 두고 나는 인간의 지식에서 해답을 찾아 헤맸던 것이다. 그리하여 나는 이 의문에 관한 인간의 모든 지식이 정반대의 극을 지닌 두 개의 상반된 반구로 나뉘어져 있음을 발견했다. 한쪽은 부정적이고, 다른 한쪽은 긍정적이었다. 하지만 이쪽에도 저쪽에도 인생의 의문에 대한 해답은 없었다.

어떤 종류의 학문은 이런 의문을 인정하려 들지 않고, 대신 자체적으로 제기한 문제들에 관해 분명하고 정확한 대답을 주고 있었다. 그것은 실험과 경험에 바탕을 둔 학문으로서 그 정점에는 수학이 있다. 다른 종류의 학문은 인생에 관한 의문은 인정하면서도 해답을 주지는 않았다. 그것은 사변적인 학문으로서 그 정점에는 형이상학이 있다.

아주 젊었을 때부터 나는 사변적인 학문에 관심이 많았고 그 다음엔 수학과 자연과학도 내 흥미를 끌었다. 그때는 아직 인생에 관한 나의 의문이 분명하게 드러나지 않았었고 내적으로 집요하게 해답을 요구할 정도로 자라지도 않은 시기라서 나는 학문이 주는 가짜 해답들에 만족했었다.

경험적 학문에 빠져있을 때 나는 이렇게 말하곤 했다. "모든 것은 발전하고 분화되면서 복합체와 완전체를 향해 나아간다. 그리고 이 모든 과정에는 그것을 지배하는 법칙이 존재한다. 나는 전체의 한 부분이다. 가능한 한 전체를 인식하고 발전의 법칙을 인식하면, 나는 그 전체 안에서 내가 위치한 자리와 함께 나 자신을 인식하게 될 것이다." 양심을 걸고 고백하건데 그 시기에 나는 그것에 만족했었다.

이 시기는 바로 내 자신이 복합적으로 성장하던 시기였다. 근육이 자라고 강해지면서 기억력이 풍부해졌고 인지능력이

확대되었다. 나는 성장하고 발전했고, 이렇게 내적으로 성장하는 것을 느끼면서 모든 세계의 법칙은 이것이며 그 속에서 내 인생의 의문들에 대한 해답을 찾고 있다고 자연스럽게 생각했다. 하지만 어느 순간 내 속의 성장이 멈춰버린 시기가 도래 했다. 나는 내가 이제 더 이상 발전하지 않고 말라가고 있으며, 내 몸의 근육들은 약해지고 치아가 빠지고 있다는 사실을 감지했다. 그래서 나는 이 법칙이 나에게 아무것도 설명해 줄 수 없을 뿐 아니라, 이런 법칙은 결코 존재하지도 않았고 또 존재할 수도 없다는 것을 깨달았다. 또한 내가 법칙이라고 받아들였던 것이 내 인생의 일정 기간에 나타나는 것에 불과하다는 것을 깨달았다. 이후 나는 이 법칙을 어떻게 규정할지에 관해 보다 엄밀한 주의를 기울였다. 그러자 무한한 발전의 법칙이란 불가능하다는 것이 분명해졌고, 또한 무한한 시공간에서 모든 것이 발전하고 완전해지며 복합체가 되고 분화된다는 말이 터무니없다는 것도 분명해졌다. 이 모든 말은 무의미하다. 왜냐하면 무한 속에는 복합적인 것도 단순한 것도, 앞도 뒤도, 더 좋은 것도 더 나쁜 것도 존재하지 않기 때문이다.

어쨌든 중요한 것은 "온갖 욕망을 지닌 나라는 존재는 어떤 존재인가"라는 개인적인 나의 의문이 전혀 풀리지 않은 채 남았다는 것이다. 그리고 나는 이런 학문적인 지식들이 매우 흥미롭고 또 매우 매력적이긴 하지만, 정확성과 명확성을 가진 그 지식들이 인생의 의문에 적용될 때 그 효용성이 반비례함을 깨달았다. 즉 인생의 의문에서 멀리 떨어져 있을수록 그 학문적인 지식이 지니는 명확성과 정확성은 그만큼 더 또렷했다. 그러나 인생의 의문을 해결하려고 노력하면 할수록 그것의 명확성과 매력은 감소했다. 만약 삶의 문제들을 해결하고자 하는 생리학이나 심리학, 생물학, 사회학 등의 학문 분야에 관심을 가진다면, 거기서 깜짝 놀랄만한 사상의 빈곤함과 극도의 애매함, 비본질적인 문제들에 대한 터무니없는 집착, 그리고 다른 분야의 사상가들뿐 아니라 같은 분야의 사상가들 사이에서마저 끊임없이 일어나는 모순을 발견하게 될 것이다. 이와 달리 삶에 대한 의문이 아니라 고유의 전문적이고 학문적 문제들을 해결하려는 지식의 영역에 눈을 돌린다면, 인간 이성의 능력엔 찬탄하게 되겠지만, 여기에서 인생의 의문에 대한 해답은 더 이상 찾을 수 없다는 것을 알게 될 것이다. 이런 학문은 인생의 의문들을 대놓고 무시한다. 그들은 이렇게 말한다. "당신이 어떤 존재인지, 무엇 때문에 사는지에 대해서 우리는 알 바 없고 또 관심도 없다. 하지만 당신이 빛의 원리나 그 화학적 결합의 원리, 유기체 성장의 원리에 대해 알아야 한다면, 또한 육체와 그 형태의 원리와 수와 양의 관계에 관해 알아야 한다면, 혹은 인간 지능의 원리에 관해 알아야 한다면, 이 모든 것에 대해 우리에게는 의심의 여지가 없는 분명하고 정확한 해답이 있다."

인생의 의문에 대한 경험과학의 태도는 일반적으로 다음과 같다. 질문: "나는 왜 사는가?", 대답: "무한대의 공간과 무한한 시간 속에서 무한한 소립자들이 무한히 결합하면서 끊임없이 변화하고 있다. 당신이 이런 변화의 원리를 이해할 때, 당신이 왜 삶을 사는지 이해할 수 있다."

사변적 학문 분야에 몰두할 때, 나는 스스로에게 이렇게 말하곤 했다. "온 인류는 인류를 인도하는 이상(理想)이라는 정신적 요소를 토대로 살며 발전해 간다.[40] 그 이상은 종교, 학문, 예술 혹은 국가라는 형태로 구현된다. 모든 이상은 점점 고양되며, 그에 발맞춰 인류도 최상의 행복을 향해 나아간다. 나는 인류의 일부이다. 따라서 나의 소명은 인류의 이상을 인식하고 실현하는 데에 함께 동참하는 것이다." 통찰력이 부족할 때에 나는 이런 생각에 만족했지만, 내 속에서 인생의 의문이 뚜렷하게 반기를 들고 일어나자 그 즉시 이 이론은 모두 순식간에 무너지고 말았다. 이런 종류의 학문은 인류의 일부를 연구하여 얻은 결론을 전체를 대상으로 얻은 것처럼 내어놓는데, 여기서 보인 비양심적인 부정확성은 불문에 붙이겠다. 또한 인류의 이상이 무엇인가에 대해 견해를 달리하는 사람들 사이의 상호 모순은 말할 것도 없을 뿐더러, 그 다양한 견해 가운데에서도 기이한 점은(어리석은 점이란 표현을 쓰지 않기 위해 이렇게 표현하자.) 모든 사람에게 제기된 질문, 즉 "나는 어떤 존재인가?", "나는 왜 사는가?" 또는 "나는 무엇을 해야 하는가?"와 같은 질문에 답하려면, 무엇보다 먼저 "지극히 짧은 시간에 지극히 작은 한 부분밖에 경험하지 못하여 나머지는 알 길이 없는 전 인류의 삶은 도대체 무엇인가?"라는 질문부터 우선적으로 해결해야 한다고 보는 점이다. 자기가 어떤 존재인지 알기 위해 무엇보다 먼저, 자기 자신이 누구인지 알지 못하기로는 매한가지인 사람들로 이루어진 이 신비로운 인류[41] 전체가 무엇인지를 먼저 알아야 한다는 것이다.

이런 견해를 믿었던 시기가 있었다는 것을 나는 고백하지 않을 수 없다. 그 시기 나에겐 변덕스런 나의 마음을 변호할 수 있을 것 같아 특별히 좋아했던 이상들이 있었다. 그래서 나는 변덕스런 나의 마음상태를 인류의 법칙으로 간주할 이론을 고안해 내려고 애썼다. 하지만 내 마음속에 인생에 관한 의문이 너무나도 뚜렷하게 반기를 들고 일어나자 그런 방식의 해답은 곧바로 먼지처럼 흩어져 버리고 말았다.

그리하여 나는 경험과학 분야에서 진정한 학문과 자기 분야를 넘어선 문제에 답하고자 하는 유사학문이 있는 것처럼 사변적인 학문의 영역에서도 자기 분야 밖의 문제들을 해결하려고 노력하는 아주 일반적인 학문들이 상당히 많다는 것을 깨달았다. 법학, 사회학, 역사학과 같은 이런 분야의 유사학문들은 각기 저마다의 방식으로 인류 전체의 삶에 관한 문제를 해결하는 방식으로 인간 개개인의 문제해결을 위해서 노력한다.

하지만 내가 어떻게 살아야 하는지를 진지하게 묻는 사람이 경험과학 분야에서 "무한한 시공간에서 무한히 복잡하게 변화하는 무한한 소립자들을 연구해 보라. 그러면 너의 삶을 이해하게 될 것이다."라는 대답에 만족할 수 없는 것과 마찬가지로, 진지한 사람은 사변적 학문의 영역에서도 "그 시종을 알 수가 없고, 아주 작은 일부분조차 알 수 없는 온 인류의 삶을 연구해 보라. 그러면 너의 삶을 이해하게 될 것이다."라는 대답에 만족할 리가 없다. 유사 경험과학의 경우와 마찬가지로 유사 사변학문도 그 본연의 과제에서 벗어나면 벗어날수록 그만큼 불명료함과 불명확함, 부조리와 모순이 더해진다. 경험과학의 과제는 물질적 현상의 논리성을 탐구하는 것이다. 경험과학에 궁극적인 원인에 관한 질문을 제기한다면 헛소리만 듣게 될 것이다. 사변학문의 과제는 원인이 없는 생명의 본질을 인식하는 데 있다. 거기에 사회적 현상이나 역사적 현상처럼, 원인이 존재하는 현상의 탐구를 들이대면 마찬가지로 헛소리만 듣게 되는 법이다.

궁극적인 원인의 탐구에 손을 대지 않을 때에만 비로소 경험과학은 긍정적인 의미를 가지며 인간 이성의 위대함을 보여준다. 반대로 사변적인 학문은 원인이 존재하는 현상들의 논리성에 관한 의문들에서 완전히 손을 떼고 인간을 궁극적인 원인의 관계에서 고찰할 때만 비로소 학문으로 바로 서며 인간 이성의 위대함을 보여준다. 이 반쪽 진영의 극에 있는 학문이 형이상학이나 사변철학이다. 여기선 분명하게 의문을 제기할 수 있다. "나는 무엇이며, 세계는 무엇인가? 그리고 나는 왜 존재하며 또 세계는 왜 존재하는가?" 형이상학이 등장한 이래로 형이상학은 언제나 동일한 대답을 해왔다. 철학자들은 내 안에 그리고 모든 존재 안에 있는 삶의 본질을 이상이나 실체, 정신, 의지 등으로 지칭해왔다. 철학자들은 이런 본질이 존재하고, 내가 바로 그 본질이라는 한 가지 말만 한다. 하지만 왜 그 본질이 존재하는지에 관해 알지 못하며, 그가 헛말을 하지 않는 사상가라면 그에 관해 답하지 않는다. 어쨌든 내가 묻고 있는 것은 이것이다. 이 본질이 왜 존재하는가?

이 본질이 존재하며 또 앞으로도 존재할 것이라는 말은 도대체 무엇을 의미하는가? 철학 또한 이에 관한 해답을 내놓지 못하며, 오히려 똑같은 질문을 제기할 뿐이다. 진정한 철학의 경우에도 그것의 모든 과업은 그저 이 질문을 명확하게 제기하는데 있을 뿐이다. 만약 철학이 자기 본연의 임무에 충실하다면, "나는 무엇이며, 전체 세계는 무엇인가?"라는 질문에 "모든 것이기도 하고, 또한 아무것도 아니기도 하다."라고 밖에는 달리 대답할 수 없을 것이다. 그리고 "왜 세계가 존재하며, 또 왜 나란 존재가 존재하는가?"라는 질문에는 "모른다."라고 대답할 수밖에 없을 것이다.

어찌되었건 이 철학이 제시한 사변적인 모든 답변에도 불구하고, 나는 대답다운 대답은 전혀 얻질 못했다. 그런데 그것은 명료한 경험과학 분야에서와는 달리, 그 대답이 내가 가진 의문과 관련이 없어서 그랬던 것은 아니었다. 철학에서 행해지는 모든 지성적인 작업이 그야말로 내가 제기한 의문에 맞춰진 것이었음에도 불구하고 해답을 얻지 못한 것은, 이 학문이 해답을 주는 대신 좀더 복잡한 형식의 똑같은 의문점만 던져준 까닭이었다.

VI

인생의 의문에 대한 해답을 탐구하면서 나는 숲에서 길을 잃은 사람이 갖게 되는 느낌과 똑같은 것을 경험했다.

숲속 들판으로 나와 나무 위로 올라가 주변을 살펴본다. 그러나 무한히 펼쳐진 공간만 뚜렷이 눈에 들어올 뿐 집 한 채 보이지 않는다. 집이 있을 리 만무하다. 그래서 울창한 숲속, 어둠 속으로 들어갔지만, 거기서도 보이는 건 오직 어둠뿐 집은 흔적도 없다.

그렇게 나는 인간의 지식이라는 숲에서 수학적이고 경험적인 지식이 비추는 빛줄기 사이를 헤맸다. 나의 눈에 들어온 것은 드넓게 펼쳐진 지평선뿐 그 방향에 집이 있을 리 없었다. 마찬가지로 나는 사변적 학문들의 암흑 사이에서도 헤맸다. 그곳에서 나는 걸어가면 갈수록 더욱 더 짙은 암흑으로 빠져들었다. 결국 출구는 없고, 있을 수도 없다는 것을 확실히 깨닫게 되었다.

양지의 지식에 전념하면 인생에 관한 의문에서 시선을 돌리게 될 뿐임을 나는 알고 있었다. 내 앞에 펼쳐진 지평선이 제아무리 매혹적이고 선명하여도, 또 학문의 무한함에 빠지는 것이 아무리 매혹적이라 하여도, 그 학문들이 명확하면 할수록 그만큼 그 학문은 나에게 불필요하고 또 인생의 의문에 대해서도 해답을 주지 못한다는 사실을 나는 이미 깨달아 알고 있었던 것이다.

나는 스스로에게 이렇게 말했다. "자, 이제 나는 학문이 그렇게도 집요하게 알고자 했던 것들을 모두 알고 있다." 하지만 내 인생의 의미를 묻는 질문에 대한 해답은 거기 없었다. 사변적인 학문의 영역에서 나는 지식의 목표가 나의 의문에 대한 해답을 향해 곧바로 뻗어 있음에도 불구하고, 혹은 그렇기 때문에, 다음과 같이 내 스스로 내린 해답 이외에 다른 해답은 없다는 것을 깨달았다. 즉 내 인생에는 어떤 의미가 있는가? – 아무런 의미도 없다. 내 삶의 결과는 무엇일까? – 아무것도 없다. 존재하는 모든 것은 왜 존재하며, 나는 또 왜 존재하는 것일까? – 존재하기 때문에 존재하는 것이다.

인간 지식 중 한 방향을 향해 질문하고 해답을 구하자, 내가 묻지도 않았던 것들, 예를 들어 별의 화학적 성분과 헤라클레스 성좌를 향해 움직이는 태양의 운동, 인간과 종의 기원, 무한히 작은 원자의 형태와 대기에 있는 무중력 무한소립자들의 움직임과 같은 것에 대한 명확한 답을 셀 수 없이 많이 접하였다. 하지만 이쪽 영역의 학문에서 "내 인생의 의미는 어디에 있는가?"라는 질문에 대한 답은 하나였다. 즉 "너는 네가 너의 생명이라고 부르는 바로 그것이다. 너는 일시적이고 우연적인 분자의 결합체이다. 이 분자 간 상호 영향과 변화가 네 속에서 네가 너의 생명이라고 부르는 것을 만들어낸다. 이 결합체는 일정 기간 지속되다가 어느 순간 분자들이 상호작용을 멈춘다. 그러면 네가 생명이라고 부르던 것도 멈추고 너의 모든 의문들도 멈춘다. 너는 어떤 것이 우연히 결합한 작은 덩어리일 뿐이다. 그 작은 덩어리는 소멸해간다. 작은 덩어리는 이 소멸을 자기 생애라고 부른다. 작은 덩어리는 분해된다. 그러면 소멸도 모든 의문도 끝난다." 이것이 바로 명확함을 추구하는 학문이 내게 주는 답이며, 이 학문이 자기 원칙을 엄격히 따르는 한 그 밖의 다른 답은 내놓을 수도 없다.

이렇게 얻은 답은 분명 나의 의문에 대한 답이라 할 수 없다. 내가 원하는 바는 내 삶의 의미를 아는 것인데, 나의 삶이 무한한 것의 소립자에 불과하다고 말하는 것은 나의 삶에 어떤 의미도 부여하지 못할 뿐 아니라 가능한 모든 의미들마저 전부 파괴해 버리는 것이다.

경험적이고 명확한 이쪽 지식이 내놓은 다소 사변적 요소가 섞인 모호한 타협안, 즉 인생의 의미는 발전과 그 발전에 협력하는 데 있다는 말은 명확하지도 또 명징하지도 않아서 도저히 해답이 될 수 없다.

다른 방향의 지식인 사변적인 학문은, 그것이 추구하는 원칙을 엄정히 준수하는 선에선 지체 없이 나의 의문에 답을 주지만, 언제 어디서든 늘 같은 대답만 반복할 뿐이다. 즉 세계는 무한하고 이해할 수 없는 어떤 것이며, 인간의 생명은 이 규명되지 않는 '전체'의 규명되지 않는 일부라는 것이다. 따라서 내가 유사학문으로 취급하는 이른바 법학, 정치학, 역사학과 같은 것들이 어쭙잖게 답이라고 모아놓은 사변적 지식과 경험적 지식 간의 타협 일체를 다시 배척할 수밖에 없다. 이들 학문에서도 발전과 완성의 개념이 또다시 부당하게 적용되고 있는 것이다. 후자는 모든 것의 발전을 말하고, 전자는 삶의 발전을 말한다는 점에서 차이가 있을 뿐, 무한 속에서의 발전과 완성은 목표점도 또 방향성도 있을 수 없으므로 내가 갖는 의문과 관련하여 어떤 답도 줄 수 없다는 점에서 이 둘은 아무런 차이가 없다.

쇼펜하우어는 기존의 모든 현상을 그저 새로운 철학적 도

표로 제시하고 그 현상에 새로운 이름만 부여할 뿐인 철학을 "교수들의 철학"이라고 불렀다.[42] 이런 철학이 아닌, 소위 진정한 철학은 엄밀한 사변적 지식으로서 철학자가 본질적인 질문을 간과하는 경우가 없고, 여기서 얻는 답은 소크라테스[43]와 쇼펜하우어[44], 솔로몬[45], 붓다가 준 답과 늘 동일하다.

죽음을 앞둔 소크라테스는 이렇게 말한다. "우리가 삶에서 멀어지면 멀어질수록 그만큼 우리는 진리와 가까워진다. 진리를 사랑하는 우리가 인생에서 지향하는 바는 무엇인가? 육신과 육신의 생명에서 유래하는 모든 악에서 자유로워지는 것이 아닌가. 만약 그렇다면, 죽음이 우리에게 다가오는 것을 어찌 기뻐하지 않을 수 있겠는가?"

"현자는 평생 죽음을 찾아다닌다. 그래서 죽음은 그에게 두려운 것이 아니다."

쇼펜하우어는 말한다. "세계의 내적 본질을 의지라고 인식하고, 또 무의식적으로 흐르는 자연의 어두운 힘으로부터 완전히 의식에 기반을 둔 인간의 활동에 이르기까지, 이 모든 현상 속에는 오직 의지의 객관적 발현만이 존재할 뿐임을 인정한다면, 우리는 의지의 자유로운 부정, 자기파괴와 함께 모든 현상들도 사라져 버린다는 결론을 피할 수가 없다. 즉 의지가 객관적으로 발현되는 각 단계에서 목적도 쉼도 없이 계속되는, 또 그것으로 세계가 이루어지고 지속되는 흐름과 충동도 사라지고, 일관된 형식들의 다양성과 더불어 공간과 시간이라는 일반형식과 결부된 모든 현상들도 사라지고, 종국에는 그 형식의 마지막 기반인 주체와 객체까지도 사라지게 된다. 의지가 없으면 표상도 없고 세계도 없다. 그렇게 되면 자연스럽게 우리 앞에 남는 것은 무(無)일 뿐이다. 하지만 무로 나아가는 이 과정에 저항하는 것이 우리의 본성이며, 이것은 바로 존재를 향한 의지 그 자체(생명에의 의지)이다. 이 의지가 우리 자신과 세계를 구성하는 것이다. 우리가 소멸되는 것을 두려워한다는 사실이나, 우리가 그토록 살기를 원한다는 사실은 우리 자신이 바로 삶에 대한 욕망에 지나지 않고, 또 그외에는 아무것도 모른다는 것을 말해주고 있다. 그러므로 의지가 완전히 소멸되고 나면, 그때까지 의지로 가득 찼던 우리에게 남는 것은 당연히 무(無)이다. 또한 반대로, 의지를 스스로 저버리고 포기한 사람들에게도 태양과 은하계를 포함한 모든 우리의 현실세계가 무(無)인 것이다."

솔로몬은 말한다.

"헛되고 헛되며 헛되고 헛되니 모든 것이 헛되도다. 사람이 해 아래서 수고하는 모든 수고가 자기에게 무엇이 유익한고. 한 세대는 가고 한 세대는 오되 땅은 영원히 있도다. 이미 있던 것이 후에 다시 있겠고 이미 한 일을 후에 다시 할지라. 해 아래는 새 것이 없나니. 무엇을 가리켜 이르기를 '보라 이것이 새 것이라.' 할 것이 있으랴. 우리 오래 전 세대에도 이미 있었느니라. 이전 세대를 기억함이 없으니 장래 세대도 그 후 세대가 기억함이 없으리라. 나 전도자는 예루살렘에서 이스라엘 왕이 되어 마음을 다하며 지혜를 써서 하늘 아래서 행하는 모든 일을 궁구하며 살핀즉 이는 괴로운 것이니, 하나님이 인생들에게 주사 수고하게 하신 것이라. 내가 해 아래서 행하는 모든 일을 본즉 다 헛되어 바람을 잡으려는 것이로다... 내가 마음 가운데 말하여 이르기를, 내가 큰 지혜를 많이 얻었으므로 나보다 먼저 예루살렘에 있던 자보다 낫다 하였나니, 곧 내 마음이 지혜와 지식을 많이 만나 보았음이로다. 내가 다시 지혜를 알고자 하며 미친 것과 미련한 것을 알고자 하여 마음을 썼으나 이것도 바람을 잡으려는 것인 줄을 깨달았도다. 지혜가 많으면 번뇌도 많으니 지식을 더하는 자는 근심을 더하느니라.

  나는 내 마음에 이르기를, '자, 내가 시험적으로 너를 즐겁게 하리니, 너는 낙을 누리라.' 하였으나, 본즉, 이것도 헛되도다. 내가 웃음을 논하여 이르기를 미친 것이라 하였고 희락을 논하여 이르기를 저가 무엇을 하는가 하였노라. 내 마음에 궁구하기를 내가 어떻게 하여야 내 마음에 지혜로 다스림을 받으면서 술로 내 육신을 즐겁게 할까, 또 어떻게 하여야 어리석음을 취하여서 천하 인생의 종신토록 생활함에 어떤 것이 쾌락인지 알까 하여 나의 사업을 크게 하였노라. 내가 나를 위하여 집들을 지으며 포도원을 심으며 여러 동산과 과원을 만들고 그 가운데 각종 과목을 심었으며 수목을 기르는 삼림에 물 주기 위하여 못을 팠으며 노비는 사기도 하였고 집에서 나게도 하였으며 나보다 먼저 예루살렘에 있던 모든 자보다도 소와 양떼의 소유를 많게 하였으며 은금과 왕들의 보배와 여러 도의 보배를 쌓고 또 노래하는 남녀와 인생들의 기뻐하는 처와 첩들을 많이 두었노라.

  내가 이같이 창성하여 나보다 먼저 예루살렘에 있던 모든 자보다 지나고 내 지혜도 내게 여전하여 무엇이든지 내 눈이 원하는 것을 내가 금하지 아니하며 무엇이든지 내 마음이 즐거워하는 것을 내가 막지 아니하였노라. 그 후에 본즉 내 손으로 한 모든 일과 수고한 모든 수고가 다 헛되어 바람을 잡으려는 것이며 해 아래서 무익한 것이로다. 내가 돌이켜 지혜와 망령됨과 어리석음을 보았노라. 하지만 이들의 당하는 일이 일반인 줄을 내가 깨닫고, 심중에 이르기를 우매자의 당한 것을 나도 당하리니 내가 어찌하여 지혜가 더하였던고. 이에 내가 심중에 이르기를 이것도 헛되도다. 지혜자나 우매자나 영원토록 기억함을 얻지 못하나니, 후일에는 다 잊어버린 지 오랠 것임이라. 오호라, 지혜자의 죽음이 우매자의 죽음과 일반이로다! 이러므로 내가 사는 것을 한하였노니 이는 해 아래서 하는 일이 내게 괴로움이요 다 헛되어 바람을 잡으려는 것임이로다. 내가 해 아래서 나의 수고한 모든 수고를 한하였노니 이는 내 뒤를 이을 자에게 끼치게 됨이라. 사람이 해 아래서 수고하는 모든 수고와 마음에 애쓰는 것으로 소득이 무엇이랴. 일평생에 근심하며 수고하는 것이 슬픔뿐이라. 그 마음이 밤에도 쉬지 못하나니 이것도 헛되도다. 사람이 먹고 마시며 수고하는 가운데서 심령으로 낙을 누리게 하는 것보다 나은 것이 없지만, 이것도 인간의 권한이 아니니...

  모든 사람에게 임하는 모든 것이 일반이라. 의로운 사람과 불의한 사람이나, 선인과 악인이나, 깨끗한 자와 깨끗지 않은 자나, 제사를 드리는 자와 제사를 드리지 아니하는 자나, 그 결국이 일반이니, 선을 행한 자와 죄를 범한

자나, 맹세하는 자와 맹세하기를 무서워하는 자가 일반이로다. 모든 사람의 결국이 일반인 그것은 해 아래서 모든 일 중에 악한 것이니, 곧 인생의 마음에 악이 가득하여 평생에 미친 마음을 품다가 후에는 죽은 자에게로 돌아가는 것이라. 모든 산 자 중에 참예한 자가 소망이 있음은 산 개가 죽은 사자보다 나음이니라. 무릇 산 자는 죽을 줄을 알되 죽은 자는 아무것도 모르며 다시는 상도 받지 못하는 것은 그 이름이 잊어버린 바 됨이라. 그 사랑함과 미워함과 시기함이 없어진 지 오래니, 해 아래서 행하는 모든 일에 저희가 다시는 영영히 분복이 없느니라."※

이것이 솔로몬, 혹은 이 글을 쓴 사람의 말이다.
한편 인도의 현자는 이렇게 말한다.

"젊고 행복한 왕자 석가모니는 질병과 늙음과 죽음이 무엇인지 아직 모르던 때에 성 밖으로 산책을 나갔다가 이가 없어 침을 흘리는 한 늙은이를 보았다. 그때까지 늙는다는 것이 무엇인지 몰랐던 왕자는 깜짝 놀라 마부에게 왜

※ 솔로몬의 전도서 1장과 2장 그리고 9장에서 인용. 번역은 주로 '개역한글성경'을 따랐지만, 부분적으로 톨스토이가 인용한 러시아어 성경 원문에 맞추어 변경하였음을 밝혀 둔다.

그 사람이 이렇게 불쌍하면서도 혐오스럽고 흉측한 상태가 되었는지 물었다. 이것이 모든 사람들이 겪어야 할 일반적인 운명이며, 젊은 왕자인 자신도 어쩔 수 없이 같은 운명에 처할 것이라는 사실을 알게 되자 왕자는 더 이상 산책을 계속할 수 없었다. 그리고 이 문제를 숙고해 보려고 성으로 돌아가자는 명령을 내렸다. 그러고는 홀로 골방에 틀어박혀 문을 걸어 잠그고 오랫동안 깊은 생각에 잠겼다. 그런 후에 무엇인가 위안이 되는 생각이 떠오른 듯, 다시 즐겁고 행복한 상태가 되어 밖으로 산책을 나갔다. 그런데 이번에는 병자를 한 명 만나게 된다. 그의 눈에 들어온 병자는 흐릿한 눈동자와 시퍼런 얼굴에 극도로 쇠약해진 상태로 온몸을 부들부들 떨고 있었다. 그때까지 병이라고는 전혀 경험해보지 않았던 왕자는 멈추어 서서 그 사람이 왜 그런지 물어보았다. 그리하여 그것이 모든 사람이 걸리게 되는 질병이라는 것이고, 지금은 건강하고 행복한 왕자 자신도, 당장 내일이라도 똑같은 병에 걸릴 수 있다는 사실을 알게 되었다. 그러자 그는 다시 즐길 기분이 나지 않아, 성으로 돌아가 또 다시 마음의 안정을 찾으려 애썼다. 안정을 되찾은 왕자는 세 번째로 산책을 나갔다. 그리고 그는 또 새로운 광경을 보게 되었다. 사람들이 뭔가를 운반

하고 있었다. '이게 뭔가?', '죽은 사람입니다.', '죽는다는 게 무슨 뜻인가?' 왕자가 묻는 말에 사람들이, 죽는다는 것은 지금 이 사람처럼 되는 것이라고 말해주었다. 왕자는 시신에게 다가와 관을 열고 안을 들여다보았다. '이 사람은 어떻게 되는 건가?' 왕자가 묻자, 사람들이 땅속에 묻히게 된다고 말해주었다. '무엇 때문인가?'라는 질문에 왕자는 이제 더 이상 살 수 없게 된 그 시신에게서 나올 것이라곤 악취와 구더기뿐이기 때문이라는 말을 들었다. '이게 모든 사람들의 운명이라고? 나 역시 똑같이 될 거라고? 나도 땅속에 묻히고, 내게서도 악취가 풍기고, 또 나 역시 구더기의 밥이 될 거란 말인가?', '그렇습니다.', '돌아가자! 이제부터 나는 결단코 산책을 나가지 않을 것이다.'

그리하여 인생에서 더 이상 안정을 찾지 못한 석가모니는 인생은 최대의 악이라는 결론을 내리면서, 그 스스로 인생에서 해탈하고, 또 다른 사람들을 해탈시키기 위해 온 힘을 기울였다. 그는 죽음 후에 삶이 어떤 식으로든 다시 시작되지 않고, 삶을 완전히 그 뿌리째 없애버리는 그런 해탈을 원했던 것이다.[46] 이것이 모든 인도의 성현들이 하는 말이다."

여기 인류의 현자들이 인생의 의문에 대해 내린 직접적인 답변들을 적어본다.

"육신의 삶은 악이며 허위이다. 그러므로 이 육신의 삶을 소멸시키는 것이 행복이고, 우리는 그것을 소망하지 않을 수 없다." - 소크라테스

"인생은 존재해서는 안 될 것, 즉 악이다. 무(無)로 나아가는 과정이 인생의 유일한 행복이다." - 쇼펜하우어

"세상에 존재하는 모든 것, 어리석음과 현명함, 부와 빈곤, 즐거움과 슬픔, 이 모든 것은 헛되고 무가치하다. 인간은 죽기 마련이고, 그 뒤에 남는 것은 아무것도 없다. 이 얼마나 어리석은 일인가." - 솔로몬

"고통과 쇠약, 늙음, 그리고 죽음에서 벗어날 수 없다는 것을 의식하면서 살아가는 것은 있을 수 없는 일이다. 삶으로부터, 삶의 모든 가능성으로부터 해탈해야 한다." - 붓다

이 뛰어난 현자들이 한 말은 그들과 비슷한 수백만의 사람들도 말하고 생각하고 느꼈던 것이다. 마찬가지로 나 역시도 그렇게 생각하고 느끼고 있다.

학문적 영역에서 행했던 이런 방황은 절망스런 상태에서 나를 이끌어낸 것이 아니라 오히려 더욱 절망스런 상태로 몰아갔다. 한쪽 학문은 인생의 의문에 대해 아무런 해답도 주지 않았고, 다른 쪽 학문은 해답을 주긴 했지만 내가 했던 생각이 나의 미몽이나 병든 지성의 결과가 아니라 오히려 그 반대였음을 알려줌으로써 나의 절망을 더욱 심화시켰다. 이를 테면 나의 생각이 옳았고, 가장 뛰어난 인류의 현자들이 내린 결론과 일치한다는 사실을 확인시켜주었던 것이다.

이제 더 이상 나를 기만할 수는 없다. 정말 모든 것은 헛된 것이다. 태어나지 않은 자가 행복하고, 죽는 것이 사는 것보다 더 낫다. 이런 삶에서 벗어나지 않으면 안 된다.

VII

 학문에서 아무런 해명도 찾지 못한 나는 그 해명을 이제 생활 속에서 구하기 시작했다. 즉, 주변 사람들에게서 해명을 찾기를 바라며 나는 내 주변에서 나와 같은 사람들이 어떻게 살고 있는지, 그리고 나를 절망으로 이끈 그 의문에 그들은 어떻게 대처하는지를 관찰하기 시작한 것이다.

 그리하여 교양 정도나 생활 방식이 나와 비슷한 수준의 사람들에게서 뭔가를 찾을 수 있었다.

 내 주변의 사람들에게는 우리 모두가 처한 끔찍한 상황에서 빠져 나갈 네 가지 출구가 있다는 것을 발견한 것이다.

 첫 번째 출구는 무지라는 출구이다. 이것은 인생이 악이며 무의미한 것이라는 사실을 알지도 이해하지도 못하는 것이다. 이런 유형은 대부분 여성이거나 또는 아주 젊거나 매우 무딘 사람들로서 쇼펜하우어와 솔로몬, 붓다와 같은 사람들이 고민했던 인생의 의문들을 아직 이해하지 못한 사람들이다. 그들은 자기를 노리며 기다리고 있는 뱀도, 자기들이 매달려 있는 관목 줄기를 갉는 생쥐도 보지 못한 채 꿀방울을 핥고 있는 사람들이다. 그러나 꿀방울을 핥아 먹는 것은 잠시 잠깐일 뿐. 언젠가는 뱀과 생쥐에게 주의를 돌리는 순간이 오고, 그러면 꿀을 핥는 것도 끝장이다. 이들에게서 내가 배울 것은 전혀 없고 내가 알고 있는 것을 그만둘 수도 없다.

두 번째 출구는 향락주의라는 출구이다. 이것은 인생이 아무 희망도 없는 것임을 알면서도 현재 주어진 행복을 가능한 한 누리려는 태도이다. 즉 뱀도 쥐도 쳐다보지 않으면서, 무엇보다 꿀방울이 많이 떨어질 때, 어떻게 해서든 그 꿀을 최대한 핥아먹겠다는 것이다. 솔로몬은 이와 같은 삶을 이렇게 표현한다.

"이에 내가 희락을 칭찬하노니, 이는 사람이 먹고 마시고 즐거워하는 것보다 해 아래서 나은 것이 없음이라. 하나님이 사람으로 해 아래서 살게 하신 날 동안 수고하는 중에 이것이 항상 함께 있을 것이니라.

너는 가서 기쁨으로 네 식물을 먹고 즐거운 마음으로 네 포도주를 마실지어다... 네 헛된 평생의 모든 날, 곧 하나님이 해 아래서 네게 주신 모든 헛된 날에 사랑하는 여인과 함께 즐겁게 살지어다. 이는 네가 일평생에 해 아래서 수고하고 얻은 분복이니라. 무릇 네 손이 일을 당하는 대로 힘을 다하여 할지어다. 네가 장차 들어갈 음부에는 일도 없고 계획도 없고 지식도 없고 지혜도 없음이니라."❋

이 두 번째 유형의 삶을 유지하는 건 대부분 우리와 같은 계층의 사람들이다. 이들은 나쁜 것보다는 좋은 것을 더 많이 제공받는 상황에 처한 사람들이다. 그러나 이들은 윤리적으로 무감각해져 자신이 처한 상황에서 얻는 이득이 우연이라는 사실을 쉽게 잊곤 한다. 즉 자신들의 윤리적 무감각으로 인해 모든 사람이 솔로몬처럼 천 명의 부인을 거느리고 궁전에서 살 수는 없다는 것, 천 명의 부인을 거느린 사람이 있다면 부인 없이 사는 천 명의 사람이 있을 수밖에 없다는 것, 궁전 하나를 세우려면 얼굴에 땀을 흘리는 천 명의 사람이 있어야 한다는 것, 또한 오늘 나를 솔로몬으로 만든 그 우연이 내일은 나를 솔로몬의 노예로 만들 수도 있음을 잊어버리는 것이다. 상상력 또한 둔감해져, 붓다에게서 마음의 평정을 **빼앗아** 간 것, 즉 피할 길 없는 질병과 노쇠와 죽음이 지금은 아니더라도 언젠가는 만족스러운 이 모든 상황을 파괴해 버릴 수 있

❋ 솔로몬의 전도서 8장과 9장에서 인용.

음을 쉽게 잊어버리는 것이다. 이 사람들 중 일부는 무뎌진 자신들의 생각과 상상력을 이른바 실증주의라는 철학이라고 주장한다.[47] 그렇다고 하여 그들이 인생의 문제를 직시하지 못하고 꿀이나 핥아먹는 부류에서 벗어난 것 같아 보이진 않는다. 그리고 애초에 그들처럼 상상력이 무디지 못한 나로선 그들을 모방할 수도 없었다. 인위적으로 나의 상상력을 무디게 하는 건 불가능한 일이었다. 모든 살아있는 사람들이 그렇듯 생쥐와 뱀을 한 번 목격한 이상, 나는 그것들로부터 눈을 뗄 수 없었던 것이다.

세 번째 출구는 힘과 기력이다. 이 출구가 지향하는 것은 삶은 악이며 무의미한 것이라는 사실을 깨닫고, 이런 삶을 소멸하는 것이다. 이렇게 행동하는 사람들은 웬만해선 보기 힘든 강하고 굳건한 소수의 사람들이다. 자신을 대상으로 한 모든 어리석은 광대놀음을 깨닫고, 또한 죽은 자들이 산 자들보다 더 행복하다는 것과 최상의 것이란 존재하지 않음을 깨닫고는 그 즉시 그 깨달음을 행동으로 옮겨 이 어리석은 광대놀음을 끝내버리려는 사람들이다. 그들에게 그나마 다행인건 목숨을 끊는 수단이 여러 가지라는 것이다. 목을 매거나, 물에 빠지거나, 칼로 가슴을 찌르거나, 달리는 기차에 뛰어드는 등등 우리와 같은 계층의 사람들에게서 이렇게 행동하는 경우가 점점 많아지고 있다. 그 사람들이 그렇게 행동하는 시기는 대부분 인생에서 가장 좋은 시기, 즉 영적인 기운이 가장 두드러지며 인간의 이성을 망가뜨리는 여러 습성이 아직 몸에 배지 않았을 때이다. 나는 이 길이 가장 바람직한 출구라고 보았다. 그래서 나도 그렇게 행동하려 했던 것이다.

 네 번째 출구는 나약함이라는 출구이다. 이 출구는 인생의 해악과 무의미함을 깨닫고 또 인생에서 나올 것이 아무것도 없다는 것을 잘 알면서도 삶을 계속 이어가는 것을 뜻한다. 이 길을 선택한 사람들은 죽는 게 사는 것보다 더 낫다는 것을 알면서도 합리적으로 행동할, 즉 자신을 죽임으로써 이 허위에 찬 삶을 가능한 빨리 끝낼 힘은 없고, 그래서 마치 뭔가 기다리는 것처럼 삶을 산다. 이것은 나약함의 길이다. 왜냐하면 내가 더 나은 것을 알고 있고, 그것을 취할 수 있는 전권이 나에게 주어져 있음에도 어떤 이유에선지 거기에 투신하지 못하기 때문이다. 이것이 내가 지금 속해 있는 부류인 것이다.

 이상과 같이 내가 분석한 사람들은 네 가지 길을 통해 끔찍한 삶의 모순에서 벗어난다. 나는 아무리 지적인 노력을 기울여 봐도 이 네 가지 출구 외에 다른 길은 찾을 수 없었다. 첫 번째 출구는 인생은 무의미하고 헛되고 악한 것이어서 살지 않는 편이 더 낫다는 것을 깨닫지 못한 채 살아가는 것이다.

하지만 나는 그러한 사실을 인식할 수밖에 없었고, 한번 깨달은 이상 도저히 거기서 눈을 돌릴 수가 없었다. 두 번째 출구는 미래를 생각하지 않고 현재 있는 그대로의 삶을 즐기려는 태도이다. 나에게는 이것 역시 불가능한 길이었다. 늙음과 고통과 죽음이 있다는 사실을 깨달은 이상 나는 석가모니와 마찬가지로 사냥에 나갈 수가 없었다. 그러기엔 나의 상상력이 너무나 활발했다. 게다가 나는 그저 잠시 나의 운명에 쾌락을 제공할 뿐인 일시적인 우연에 만족할 수는 없었다. 세 번째 출구는 삶은 악이며 어리석은 짓이라는 것을 깨닫고, 그것을 중지하고, 자신의 목숨을 끊어버리는 태도이다. 나는 이것을 깨달았음에도 무슨 이유에선지 아직도 목숨을 끊지 못하고 있다. 네 번째 출구는 솔로몬과 쇼펜하우어의 상태로 살아가는 것이다. 인생이란 바보 같은 짓거리이며, 나를 대상으로 하는 한 판 광대놀음이라는 사실을 알면서도, 세수하고, 옷을 입고, 밥을 먹고, 대화를 하고, 심지어는 책 나부랭이를 써가면서 계속 살아가는 태도이다. 그러한 태도는 혐오스럽고 괴로운 것이었지만 나는 그 상태에 머물러 있었다.

  이제 와서 돌이켜보면 내가 내 목숨을 끊지 못했던 이유는, 내 생각이 올바르지 않다는 어슴푸레한 자각 때문이었다. 우리가 인생의 무의미성을 인지하도록 이끈 현자들의 사상과 내가 밟아 온 사고가 확실하고 의심의 여지가 없는 것처럼 여겨졌음에도, 내 속에선 내가 그렇게 판단한 그 시작 지점의 진실성에 대해 어렴풋이 품었던 의심이 남아있었던 것이다.

그 의심은 이런 것이었다. 나는, 다시 말해 나의 이성은 인생이 이성적이지 않음을 인지하였다. 지고의 이성이라는 것이 존재하지 않는다면(그런 것은 없으며 그 존재를 입증할 수 있는 것 역시 아무것도 없다.), 내 삶의 창조주는 나의 이성인 것이다. 요컨대 이성이 없다면, 내게는 삶도 존재하지 않는다. 이렇게 이성이 바로 삶의 창조주라면, 어떻게 그 이성이 삶을 부정할 수 있겠는가? 또는 다른 측면에서 말하자면 삶이 없다면, 나의 이성도 존재할 수 없다는 것이다. 따라서 이성은 삶의 자식인 셈이다. 그렇다면 삶이 전부이다. 이성은 삶의 열매일 뿐인데, 이 이성이 바로 삶을 부정하는 것이다. 이 대목에서 뭔가 이상한 느낌을 갖지 않을 수 없다.

나는 혼잣말을 해본다. 삶은 무의미한 악에 지나지 않는다. 이건 의심의 여지가 없다. 하지만 나는 지금껏 삶을 살았고 아직도 살고 있다. 그리고 온 인류 역시 삶을 살아왔고 또 지금도 살아가고 있다. 어떻게 이럴 수 있을까? 삶을 포기할 가능성이 있는데도 인류가 삶을 이어가는 이유는 도대체 무엇일까?

그렇다면 쇼펜하우어와 나만이 현명해서 삶의 무의미함과 해악을 깨달을 수 있었던 걸까?

삶이 헛되다고 판단하는 것은 그다지 까다로운 일이 아니다. 아주 평범한 사람들도 오래 전부터 그런 판단을 하면서 살아왔고, 또 지금도 그러면서 살고 있다. 그런 모든 사람들이 살아가면서 삶의 합리성에 대해 의심할 생각조차 않는 이유는 도대체 무엇일까?

현자들의 지혜로 입증된 나의 지식을 통해 나는 다음과 같은 깨달음에 이르렀다. 즉 유기물과 무기물을 포함하여 이 세상에 존재하는 모든 것들은 합리적으로 구성되었는데, 오로지 나의 처지만 어리석을 뿐이라는 것이다. 그런데 대다수의 평범하고 우매한 사람들은 이 세상에 존재하는 모든 유기물과 무기물이 어떻게 구성되었는지에 관해서는 전혀 아는 바가 없이 그냥 살고 있다. 그래서 그들은 자신의 인생이 매우 합리적으로 구성되어있다고 생각하는 것이다!

생각이 여기에 이르자, 머릿속을 비집고 이런 생각이 파고들었다. 내가 아직 모르고 있는 무엇이 있는 건 아닐까? 왜냐하면 이것이야말로 인간 내면의 무지가 취하는 방식이다. 무지는 한결같이 이렇게 말한다. 내가 모르는 것은 어리석은 것이라고 말이다. 하지만 실상은 다음과 같다고 할 수 있다. 여기 전체 인류가 있는데, 이 인류는 삶의 의미를 이해하지 못하면 살 수가 없기 때문에, 스스로 삶의 의미를 이해하는 듯 행세하면서 살아왔고 또 지금도 그렇게 살고 있다. 그런데 나는 그런 모든 삶은 의미가 없기 때문에 그렇게 살 수는 없다고 말하는 것이다.

쇼펜하우어와 더불어 우리가 삶을 부정한다고 해서 막아 설 사람은 아무도 없다. 그러나 그렇다면 자살하라. 그러면 판단할 일도 없을 테니. 인생이 마음에 들지 않으면 자살하라. 살아도 인생의 의미를 이해할 수 없다면, 자신이 인생을 이해하지 못한다는 사실을 장황하게 늘어놓거나 과장되게 표현하면서 인생에 들러붙어 있지 말고, 사는 걸 멈추어라. 모든 사람에게 인기가 있고, 자기가 무슨 일을 하는지 잘 알고 있는 유쾌한 사람들 틈에 있다 할지라도, 네 자신에게 재미가 없고 역겹기만 하다면, 그냥 떠나버려라.

사실 자살의 불가피성을 확신하면서도 실천에 옮길 결심을 못하는 우리는 도대체 뭐하는 사람들인가? 결국 우리는 그 누구보다도 가장 약하고 일관성이 없는 사람, 요컨대 별 볼일 없는 것에 야단법석을 떠는 어리석기 짝이 없는 사람에 불과하지 않은가?

우리의 지혜가 아무리 의심할 여지없이 확실하다 할지라도 그것은 우리에게 인생의 의미에 대한 지식을 주지는 못한다. 그런데도 삶을 영위하고 있는 수백만의 인류는 인생의 의미에 대해 의심하지 않는 것이다.

내가 알고 있는 한, 생명이 존재하기 시작한 오랜 옛날부터 사람들은 삶이 덧없다는 생각을 하면서도 삶을 살아왔다. 인생이 무의미하다는 사실이 눈에 빤히 보이는데도 인생에 모종의 의미를 부여하면서 살아온 것이다. 인간의 삶이 시작된 이래 그 삶이 어떤 삶이든 이미 이런 식으로 부여된 삶의 의미를 갖고 있었고, 그렇게 나에게까지 삶이 이어져온 것이다. 나의 내부와 나의 주변에 존재하는 모든 것, 이 모든 것은 삶에 대한 인간 지식의 열매이다. 내가 인생에 대해 숙고하고 인생을 비난하는 그 모든 생각의 도구들 자체도 모두 내가 만든 것이 아니라, 과거에 삶을 살았던 사람들이 마련해 놓은 것들이다. 나 자신 역시 그들 덕분에 태어났고 교육도 받으며 자라온 것이다. 그들이 철광석을 채굴해 내주었고, 나무를 베는 법이나 소와 말을 길들이는 법, 씨를 뿌리는 법이나 함께 사는 법을 가르쳐주면서 우리의 생활에 질서를 부여해 주었으며, 내가 사고하고 말하도록 이끌어준 것이다. 그런데 그들의 소산인 나란 존재는, 그들에 의해 양분과 수분을 공급받고 그들의 가르침을 받으며 그들의 생각과 말들로 사고하는 존재인데도,

그들이 아무 의미 없는 것이라고 그들에게 증명하고 있는 것이다. 나는 내 자신에게 이렇게 말했다. "이건 뭔가 잘못됐다. 어디선가 내가 착오를 범했음에 틀림없다." 하지만 그 착오가 어디에서 비롯된 것인지 나는 도저히 알 수가 없었다.

VIII

 지금이야 이 모든 의혹들을 다소나마 체계적으로 표현할 수 있게 되었지만, 그 당시엔 뭐라 표현하지 못했던 것들이다. 왜냐하면 나는 인생의 공허함에 대해 내가 내린 결론들이 아무리 위대한 사상가들에 의해 확인되고, 또 논리적으로 반드시 그럴 수밖에 없는 것이라 해도, 거기에 뭔가 오류가 있다는 느낌만 있었을 뿐이었다. 그 오류가 판단 자체에 있는 건지 아니면 제기된 질문에 있는 건지도 몰랐고, 그저 이성적인 설득력의 측면에서는 흠잡을 데 없었지만, 그것만으로는 부족하다는 느낌이 들었던 것이다. 이 모든 추론들은 내가 나의 판단에 따른 행동, 즉 스스로 목숨을 끊는 행동을 할 만큼 나를 확신시키기에는 역부족이었다. 그리고 스스로 목숨을 끊지는 않으면서, 이성이 나에게 목숨을 끊으라고 이끌었다고 말한다면, 나는 거짓말을 한 것이라 할 수 있다. 이성이 작동하고 있었지만 동시에 삶의 의식 외에 달리 지칭할 도리가 없는, 뭔가 다른 것이 작동하고 있었다. 즉 이성 이외에 또 하나의 힘이 작동하고 있었던 것이다. 그 힘은 나의 주의를 다른 것으로 돌렸으며, 나를 절망적인 상태에서 이끌어냈고, 나의 이성을 완전히 다른 방향으로 향하게 했다. 이 힘은, 나를 비롯하여 나와 유사한 수백 명의 사람들이 인류 전체를 뜻하는 것은 아니라는 것, 그리고 내가 아직 모르는 인류의 삶이 있다는 것에 주의를 기울이도록 했다.

나는 좁은 범위, 즉 나와 동일한 상류 계층에 속한 사람들을 살펴보았다. 그러자 삶의 문제들을 전혀 깨닫지 못한 사람들과, 깨닫긴 했지만 술에 빠져 삶의 의문들에 귀를 막아버린 사람들, 그것을 깨닫고는 목숨을 끊어버린 사람들, 또한 깨닫긴 했지만 나약해서 절망적인 삶을 계속 살아가는 사람들만 눈에 들어왔다. 그 외에 다른 사람들은 아예 시야에 들어오지도 않았었다. 당시 나는 내가 속한 좁은 범위의 상류계층, 즉 학식 있고 부유하고 여유로운 사람들로 이루어진 상류계층의 사람들이 인류의 전부를 구성한다고 보았고, 과거에 생존했었고 또 지금 생존하고 있는 수십억의 사람들은 그저 동물과 비슷한 어떤 것일 뿐, 사람이 아니라고 생각했던 것이다.

이제와 돌이켜 보면 삶을 고찰한다던 나 자신이 그때 어떻게 나를 둘러싼 모든 인류의 삶을 간과할 수 있었는지, 어떻게 나 자신이나 솔로몬 혹은 쇼펜하우어와 같은 사람들의 삶만이 정상적인 진짜 삶이고, 다른 수십억 사람들의 삶은 생각할 가치도 없다고 볼만큼 우스꽝스러운 오류를 범할 수 있었는지, 정말이지 믿을 수 없을 정도로 이상하고 이해하기 힘들다. 지금 보기에는 실로 이상하기 짝이 없지만 아무튼 당시엔 그랬다. 지적 오만의 늪에 빠져 있던 나로선 솔로몬과 쇼펜하우어와 함께 우리가 제기했던 삶의 문제가 달리 생각할 수 없을 정도로 너무나 확실하고 참되어 추호도 의심하지 않았고, 또한 수십억의 다른 사람들은 모두 아직 삶의 문제, 그 진수에 이르지 못하였다는 데 한 치의 의심도 없었다. 그렇다보니 나는 자신의 삶에 대한 의미를 추구하면서도 단 한 번도 '이 세상에 살았고, 또한 지금도 살고 있는 다른 수십억의 사람들은 자신의 삶에 어떤 의미를 부여했고, 또 부여하며 살고 있을까?'를 생각해 보지 않았던 것이다.

나는 오랫동안 이렇게 기이한 정신 상태로 살았다. 그런데 이런 상태는 무엇보다 명실상부 가장 자유주의적이고 학식 있는 우리와 같은 사람들에게 전형적으로 나타나는 독특한 현상이다. 하지만 나는 노동으로 살아가는 진정한 민중에 대해 몸에서 우러나오는 묘한 애정을 느끼고 있었다. 민중을 이해할 수 있게 해주고 그들이 우리의 생각처럼 그렇게 어리석지 않다는 것도 알게 해준 그 애정 덕분인지, 아니면 내가 할 수 있는 최선은 목을 매어 자살하는 길뿐 그 외에는 아무것도 알 수 없다는 신념의 진정성 덕분인지는 몰라도, 만일 내가 살기를 원하고 또 삶의 의미를 이해하기를 원한다면, 이 삶의 의미는 삶의 의미를 잃고 자살하기를 원하는 사람들이 아니라, 삶을 살아가면서 자신의 삶과 우리의 삶을 어깨에 짊어진 과거와 현재의 수십억 사람들에게서 찾아야 한다는 것을 나는 직감했다. 그리하여 나는 학식 있는 사람이나 부유한 사람이 아닌, 과거에 존재했고 현재를 살고 있는 엄청난 수의 평범한 대중을 돌아보았고, 그들에게서 완전히 다른 점을 발견하게 되었다. 과거와 현재를 사는 이 수십억의 사람은, 극소수를 제외하고는 한결같이 내가 본 네 부류에 속하지 않았다. 그들을 인생의 문제를 깨닫지 못한 사람들로 치부할 수는 없었다. 나름대로 인생에 의문을 제기하고 놀랄 정도로 명확하게 대답하고 있었기 때문이다. 그렇다고 그들을 쾌락주의자로 볼 수도 없었다. 그들의 삶이 쾌락보다는 궁핍과 고통으로 이루어져 있었기 때문이다. 나아가 그들이 아무 분별없이 무의미한 삶을 산다고 보는 건 더더욱 안 될 말이었다. 왜냐하면 그들은 자기 삶의 모든 행위는 물론이고 심지어는 죽음에 대해서도 나름대로 설명하고 있기 때문이다. 게다가 그들은 스스로 목숨을 끊는 것을 최대의 악으로 보았다. 그렇다면 모든 인류에게는 내가 인지하지 못하고 멸시하기만 했던 삶의 의미에 대한 어떤 지식이 내재되어 있다는 것이 밝혀진 셈이다. 이를테면 이성적인 지식은 삶에 의미를 주기는커녕 삶을 배척할 뿐인데, 수십억의 사람들, 즉 온 인류가 삶에 부여한 의미는 멸시 당하고 허위라고 간주되는 어떤 지식에 기반을 두고 있었던 것이었다.

학자와 현자들이 소유한 이성적 지식은 삶의 의미를 부정하지만, 온 인류라고 할 수 있는 대다수의 사람들은 비이성적 지식으로 삶의 의미를 인지하고 있는 것이다. 이 비이성적 지식은 바로 내가 배척해 마지않았던 그 신앙이다. 이것은 하나이면서 셋인 신(神)이며, 6일 간의 천지창조이며, 악마와 천사이며, 나로선 정신 이상이 되지 않고는 받아들일 수 없는 모든 것들이었다.

나의 상황은 끔찍했다. 이성적 지식의 길을 통하면 삶의 부정 외에 아무것도 찾아낼 수 없다는 사실과 함께, 신앙의 길을 통하면 삶을 부정하는 것보다 훨씬 더 불가능한 것, 즉 이성의 부정 외에는 아무것도 발견할 수 없다는 사실을 알게 된 것이었다. 이성적 지식을 통해 내린 결론은 인생은 악이라는 것이다. 사람들은 이것을 알고 있고, 삶을 포기하는 것이 자신에게 달려있는데도 사람들은 과거나 다름없이 현재도 여전히 삶을 살고 있다. 나 자신도 이미 오래 전에 삶이 무의미하고 악이라는 사실을 알았음에도 불구하고 이제까지 살아온 것이다. 한편 신앙을 통해 나온 결론은 인생의 의미를 깨달으려면 먼저 이성을 거부해야 한다는 것이다. 삶의 의미를 필요로 한다고 믿어왔던 이성 바로 그 자체를 말이다.

IX

 여기서 모순이 발생했고, 빠져 나갈 출구는 두 가지 밖에 없었다. 그것은 내가 이성적이라고 칭한 것이 내 생각과 달리 이성적이지 않았거나, 내가 비이성적으로 여긴 것이 내 생각과 달리 비이성적이지 않았다는 것이다. 그리하여 나는 나의 이성적 인식의 사유 과정을 검토하기 시작했다.

 이성적 인식의 사유 과정을 검토하면서 나는 그것이 완벽하게 옳았음을 알았다. 삶이 아무것도 아니라는 결론을 피할 수가 없었던 것이다. 하지만 나는 거기에 하나의 과오가 있음을 발견했다. 나는 내가 제기한 문제에 적합하지 않은 방식으로 사고했던 것이다. 문제는 이것이었다. "나는 왜 살아야 하는가? 환영과도 같고, 결국 소멸하고 말 나의 삶에서 소멸되지 않는 진정한 무엇인가가 생겨날 수 있단 말인가? 이 무한한 세상에서 나의 유한한 존재가 갖는 의미는 무엇인가?" 이런 의문에 대답하기 위해 나는 삶을 연구했다.

삶에 관해 던질 수 있는 모든 질문에 대한 답변들은 단연코 나를 만족시킬 수는 없었다. 내가 제기한 질문이 처음엔 아주 단순해 보여도, 그 속에 무한자로 유한자를 설명하라는 요구와 함께 그 반대의 요구를 포함하고 있었기 때문이다.

나는 나 자신에게 물었다. "시간과 공간 그리고 인과관계를 초월한 나의 삶은 무슨 의미를 갖는가? 또한 시간과 공간 그리고 인과관계와 관련된 나의 삶은 무슨 의미를 갖는가?" 오랫동안 힘들여 사고한 끝에 나는 이렇게 대답했다. "아무 의미없다."

추론 과정에서 나는 유한자는 유한자와, 무한자는 무한자와 끊임없이 비교하는 것 외에 다른 방도가 없었다. 그리하여 다음과 같은 결론에 귀착할 수밖에 없었다. 힘은 힘이고, 물체는 물체이며, 의지는 의지이고, 무한성은 무한성이며, 무는 무일 뿐, 거기서 다른 무엇이 더 나올 수는 없다는 것이다.

마치 수학에서 방정식을 푼다고 생각하면서 항등식을 푸는 것과 유사한 현상이 일어난 것이다. 숙고의 과정이 올바른데도, 결과로 나오는 해답은 항상 $a=a$이거나, $x=x$이거나, $0=0$이다. 이와 똑같은 현상이 삶의 의미에 관한 의문과 관련된 나의 사유에도 일어났다. 이런 의문에 대해 모든 학문이 제시한 답들은 그런 등식일 뿐이었다.

사실상 엄밀하게 이성적인 지식, 즉 데카르트가 시도한 것과 같이,[48] 모든 것에 대한 완벽한 의심으로부터 출발하는 지식은 신앙을 통해 허용된 지식을 전부 포기하고 모든 것을 이성과 경험의 법칙 위에 다시 세운다. 그래서 그 지식은 인생의 의문에 대해 내가 얻었던 바로 그 애매모호한 답 외에 다른 답을 주지 못하는 것이다. 인생이란 의미 없고 악한 것이라는 쇼펜하우어의 답변처럼 명확한 답을 지식이 내게 주었다는 생각이 든 건 처음 얼마였을 뿐이었다. 그러나 이 답을 두고 곰곰이 따지고 나자, 나는 그 대답이 그다지 확실하지 않고, 확실하다고 느낀 것은 단지 내 감정에서 연유한 것이었음을 깨달았다. 사실 엄격하게 표현된 해답은 브라만[49]이나 솔로몬, 쇼펜하우어가 표현한 것처럼, 모호한 답이거나 동일한 말을 반복하는 등식일 뿐이다. 즉, '0=0'이라든가, '내게 어떠한 모습도 드러내 보이지 않는 인생은 무(無)'라고 하는 것처럼 말이다. 이렇게 철학적인 지식은 아무것도 부정하지 않으면서도 단지 이 문제는 해결될 수 없으며 이 문제에 대한 해답은 미정이라고 답하고 있을 뿐이다.

이것을 깨달은 후 나는 내 의문에 대한 해답을 이성적 지식에서 찾기는 불가능하다는 점과 이성적 지식을 통해 주어지는 해답은 질문을 다른 식으로 제기할 경우에만, 즉 무한자에 대한 유한자의 관계에 관해 의문을 갖고 고찰할 경우에만 비로소 원하는 대답을 얻을 수 있음을 시사하는 것에 불과하다는 점을 깨달았다. 그리고 신앙에 의해 주어진 대답들이 아무리 비합리적이고 비정상적이어도 그 각각의 대답은 참된 해답에 이르는데 없어서는 안 될 유한자의 무한자에 대한 태도를 담고 있다는 장점이 있음을 또한 깨달았다. 어떤 질문에도 답은 정해져 있었다. "나는 어떻게 살아야 하는가?"라는 질문에 어김없이 돌아오는 대답은 "신의 율법 대로"였다. "나의 삶에서 나올 참된 것은 무엇인가?"라는 질문에는 "영원한 고통" 아니면 "영원한 행복"이, "죽음도 파괴하지 못하는 의미 있는 것은 무엇인가?"라는 질문에는 "무한한 신과의 합일, 천국"이 답이었다.

이렇게 나는 이전에 내가 유일한 지식이라고 생각했던 이성적 지식 외에 살아있는 모든 인간에게는 삶의 가능성을 부여하는 뭔가 다른, 비합리적인 지식, 즉 신앙이 있음을 인정하지 않을 수 없게 된 것이다. 신앙이 지닌 모든 불합리성은 여전히 남아있었지만, 신앙만이 인류에게 삶의 의문에 대한 해답을 주고, 또 그로 인해 살아갈 가능성을 준다는 사실을 나는 인정하지 않을 수 없었다.

이성적 지식은 나로 하여금 인생이 무의미하다는 것을 인정하게 만들었고, 그로 인해 나의 삶은 멈추었으며, 나는 스스로 목숨을 끊으려 했다. 그때 다른 사람들, 전체 인류를 돌아보게 되었고, 그러고 나자 사람들이 삶의 의미를 안다고 확신하며 살아간다는 걸 알게 되었다. 나 자신을 돌이켜 보니 나 역시 삶의 의미를 안다고 생각할 때만 삶을 살아온 것이었다. 다른 사람들처럼 나에게도 신앙이 삶의 의미와 함께 삶을 살아갈 가능성을 부여했던 것이다.

더 나아가 다른 나라 사람들과 나의 동시대인들 그리고 먼저 살다 간 사람들을 둘러보아도 모두 마찬가지였다. 인류가 존재하기 시작한 이래 삶이 있는 곳에는 신앙이 있었고, 신앙이 삶을 가능하게 했던 것이다. 그리고 신앙의 특성은 시대와 장소를 불문하고 동일했다.

신앙이 누구에게 어떤 답을 주든지 그리고 그 신앙이 어떤 신앙이든지, 신앙의 모든 대답은 인간이라는 유한한 존재에게 무한한 의미, 즉 고통이나 궁핍, 죽음으로도 없어지지 않는 의미를 부여한다. 이것은 오로지 신앙 속에서만 인생의 의미와 가능성을 발견할 수 있다는 말이다. 그리고 가장 본질적인 의미에서 신앙이란 "보이지 않는 것들의 증거"[50]와 같은 것만이 아니고, 계시(이것은 단지 신앙의 표징 가운데 하나일 뿐이다.)만도 아니다. 또한 단순히 신에 대한 인간의 태도도 아니며(신앙이 먼저 규정되어야 한다. 신은 그 다음 순서이다. 신을 통해 신앙을 규정해서는 안 된다.), 흔히 이해하듯 인간에게 말해진 것에 대해 동의하는 것만이 신앙이 아니라는 것 역시 나는 깨달았다. 신앙은 인생의 의미를 인식하는 것이며, 그 결과 인간은 스스로 목숨을 끊지 않고 삶을 살아가게 되는 것이다. 신앙은 삶의 원동력이다. 인간은 살아있는 한 무엇인가를 믿는다. 그 무언가를 위해 살아야 한다는 믿음이 없다면, 인간은 살 수 없을 것이다. 만일 유한한 것이 환영에 지나지 않음을 인정하지도 또 보지도 못한다면, 그는 이 유한한 것을 믿고 있는 것이다. 반면 유한한 것이 환영에 불과하다고 이해하고 있다면, 그는 무한한 것을 믿지 않을 수 없다. 믿음 없이는 살 수가 없는 것이다.

 나는 내 자신의 내면에서 일어났던 모든 사유과정을 상기하고 소스라치게 놀랐다. 사람이 삶을 살아내려면 무한자를 보지 않거나, 삶의 의미, 즉 유한자와 무한자가 일치될 수 있다는 것을 설명할 수 있어야 한다는 것이 비로소 분명해졌기 때문이다. 그것을 설명할 수 있는 이론을 몰랐던 건 아니지만, 유한자를 믿었던 한, 그런 이론이 내게 꼭 필요한 건 아니었다. 그래서 나는 이성으로 그 이론을 검토하기 시작했다. 그러자 이성의 빛 앞에 이전의 모든 이론은 산산조각 나버렸다.

그런데 내가 유한자를 더 이상 믿지 않게 되는 시기가 왔다. 그때 나는 이성의 기반 위에 내가 알고 있던 것으로 인생의 의미를 부여할 수 있는 이론을 정립하고자 하였으나, 아무것도 세울 수가 없었다. 인류 최고의 현자들처럼 나도 0=0이라는 결론에 이르렀고, 다른 식의 해법에 대한 일말의 가능성도 없이 이런 식의 해답을 얻었다는 것에 놀라움을 금할 길이 없었다.

경험적인 학문들에서 해답을 찾고자 할 때 나는 무엇을 했던가? 나는 왜 사는지 알기를 원했고, 그 답을 찾기 위해 나를 둘러싼 외부의 모든 것을 탐구했다. 그리고 확실히 많은 것을 알게 되었지만, 그중 내가 필요로 하는 것은 아무것도 없었다.

사변적인 학문들에서 해답을 찾으려 했을 땐 또 무엇을 했던가? 나는 나와 같은 처지에서 나처럼 "왜 사는가"라는 질문에 답을 얻지 못한 존재들의 사상을 탐구했다. 거기서 당연히 내가 알 수 있었던 건 이미 알고 있던 사실, 즉 아무것도 알 수 없다는 것밖에 없었다.

"나란 무엇인가?" - "무한자의 일부이다." 이 두 마디 말은 그 안에 이미 모든 과제를 담고 있다. 인류는 정말로 최근에야 비로소 이 질문을 던진 것일까? 그리고 정말로 나에 앞서

이 질문, 조금만 더 영리한 아이라면 누구나 할 수 있는 이런 단순한 질문을 던진 사람이 아무도 없었단 말인가?

사실 이 질문은 인간이 존재한 이래로 끊임없이 제기되어 온 질문이다. 그리고 이 질문에 대한 답을 얻으려면, 유한자를 유한자와, 무한자를 무한자와 대조하는 것만으론 역부족이라는 것 역시 잘 알려져 있었다. 그래서 인간이 존재한 이래로 유한자와 무한자의 관계는 여러 방면에서 탐색되며 표현되어 왔다.

유한자를 무한자와 나란히 놓는 이해 방식을 통해 인생의 의미를 알게 되고, 신과 자유 그리고 선에 대해 이해할 수 있게 된다. 그런데 우리는 이런 모든 이해 방식에 논리적 탐구의 잣대를 들이대곤 한다. 그러면 이러한 이해 방식은 이성의 비판을 감당하지 못하게 된다.

만약 우리가 어린 아이처럼 자기만족감에 가득 차 우쭐거리며 시계를 분해한 다음 태엽을 끄집어내어 갖고 놀다가, 어느 순간 시계가 멈추어 선 것을 보고 깜짝 놀란다면, 그것은 무섭다기보다는 우스꽝스러운 일이 아니겠는가.

유한자와 무한자의 모순을 해결하는 것과 인생의 질문에 대해 답함으로써 삶을 살도록 만드는 것은 꼭 필요하고 또 귀중한 일이다. 이것이 바로 우리가 장소와 시간을 무론하고 모든 민족들에게서 발견하는 유일한 해답이며, 인간의 삶이 잘 가늠되지 않을 정도로 까마득한 옛날부터 전해 내려온 해답, 또한 결코 유사한 답을 만들 수 없을 정도로 어렵게 얻어낸 해답이다. 그런데 경솔하게도 우리는 문제제기는 할 수 있지만, 결코 해답이 없는 바로 그 질문을 또 다시 제기함으로써 이렇게 어렵사리 얻은 해답을 파괴하고 있는 것이다.

무한한 신, 신성을 지닌 영혼, 인간적인 일과 신적인 일의 연계, 윤리적인 선과 악, 이런 관념들은 까마득히 오래되어 인류의 삶이 시야에 잡히지 않는 먼 옛날부터 만들어진 관념들이며, 삶과 나 자신의 존재를 위해 필수불가결한 관념들이다. 그런데 나는 온 인류의 이러한 활동의 소산을 모두 버리고, 모든 것을 나 혼자 새롭게 그리고 내 나름대로 하기를 원하고 있는 것이다.

당시엔 미처 생각하지 못했지만, 이런 생각들의 맹아는 이미 내 속에 있었다. 나는 깨달았다. 첫째, 나와 쇼펜하우어, 솔로몬이 처한 공통점은 지혜를 소유하고 있음에도 불구하고 어리석다는 것이다. 그 이유는 삶이 악한 것인 줄 알면서도 삶을 유지하기 때문이다. 이것은 분명히 어리석은 짓이다. 삶이 어리석은 것이라면, 그토록 합리적인 것을 좋아하는 나는 삶을 파괴하는 것이 마땅하고, 아무도 그걸 막을 사람이 없을 섯이다. 둘째, 우리의 모든 판단이 마법에 걸린 듯 톱니바퀴에 연결되지 않은 바퀴처럼 회전하고 있다는 것이다. 아무리 좋은 판단을 하여도 우리는 인생의 문제에 대한 해답을 얻을 수 없고, 언제나 0=0을 되풀이할 뿐이다. 그러니 필경 우리의 행로는 잘못된 것이다. 셋째, 나는 신앙으로 주어진 해답들에 가장 심오한 인간의 지혜가 담겨져 있음을 깨닫기 시작했다. 그리고 나에겐 이성에 의거하여 이 해답들을 부정할 권리가 없다는 것과, 더욱 중요한 것은 이 해답들만이 유일하게 인생의 의문을 해결해 준다는 것을 깨닫기 시작했다.

 이런 깨달음에도 불구하고, 내 마음이 더 편해진 건 아니었다.

 신앙이 나에게 직접적으로 이성을 부정하도록 강요한다면 그것은 허위가 될 것이므로 그렇게 되지 않도록 나는 모든 신앙을 수용할 준비를 했다. 그리하여 나는 책을 통하여 불교와 이슬람교[51]를 공부했고, 무엇보다 그리스도교는 책과 내 주변에 사는 사람들을 통해 공부했다.

 자연스레 나는 먼저 나와 비슷한 계층의 신앙인들을 찾게 되었다. 그들은 학자와 정교 신학자, 수도원의 장로, 새로운 경향의 정교 신학자[52]와 심지어 대속신앙을 고백하는 이른바 개신교도들[53]이었다. 나는 이들에게 매달려 그들이 어떻게 신앙생활을 하고 또 무엇에서 인생의 의미를 찾는지 캐물었다. 하지만 불필요한 논쟁을 피하고 백번 양보해도 이 사람들의 신앙을 받아들이는 건 불가능했다. 내가 보기에 그들이 신앙이라고 여기는 것은 인생의 의미를 해명하기는커녕 오히려 더 불분명하게 만들고 있었다. 그리고 그들 역시도 그들의 신앙이 나를 신앙 쪽으로 이끌었던 인생의 의문에 해답을 주는 신앙이 아니고, 나에겐 생경하기만한 다른 어떤 것을 위한 신앙임을 확신하게 되었다.

 희망을 품었다가 다시 예전의 절망 상태로 돌아갔던 그 끔찍한 고통의 느낌이 되살아난다. 이 사람들이 등장하는 꿈속에서 나는 그런 절망감을 몇 번이나 경험했는지 모른다. 그들이 그들의 교리를 자세히 설명할수록 나는 그들의 오류를 점점 더 명확하게 인지하였고, 또한 그들의 신앙에서 인생의 의미에 대한 해답을 발견하려는 나의 희망이 사라져가는 걸 느꼈다.

 교리를 설명할 때면 그들은 내가 익히 알고 있는 그리스도교의 진리에 그다지 필요하지 않은 비합리적인 것들을 덧붙이곤 했는데, 나를 못 견디게 만든 건 이것이 아니었다. 나를 못 견디게 만든 건 바로 이 사람들의 생활이 나와 똑같다는 사실이었다. 차이가 있다면 단지, 내 생활이 그들이 교리에서 말하는 요소들에 부합하지 않다는 것뿐이었다. 내가 확실히 느낀 점은 그들이 자신을 기만하고 있다는 것, 그리고 나와 마찬가지로 그들 또한 살아지는 한 살고 있는 것이며, 부여잡을 수 있는 한 모든 것을 부여잡는 것에서 삶의 의미를 찾고 있다는 것이었다. 나는 다음과 같은 사실을 통하여 이것을 알 수 있었다. 즉, 빈곤과 고통 그리고 죽음에 대한 공포를 압도할 수 있는 어떤 삶의 의미가 그들에게 있었다면 그들이 그런 것들을 그렇게 두려워하지는 않았으리라는 것이었다. 나와 같은 계층의 신앙인들인 그들은 나와 똑같이 풍족한 삶 가운데서도 재산을 늘리거나 유지하려고 애를 썼고, 빈곤과 고통 그리고 죽음을 두려워했다. 또한 비신앙인인 나와 다른 모든 사람에 못지않게 욕망을 채우며 추악하게 살고 있었다.

그들이 내세우는 그 어떤 주장도 나에게 그들이 지닌 신앙의 진정성에 대한 확신을 주지 못했다. 나를 확신시킬 수 있는 것은 오로지 내가 두려워하는 가난과 질병, 죽음을 두려워하지 않게 만드는 삶의 의미를 그들이 갖고 있음을 행동으로 보여줄 수 있을 때만 가능했다. 그러나 나는 나와 같은 계층 중 다양한 교양을 지닌 신앙인들 사이에선 그런 행동을 보지 못했다. 나는 그런 행동을 오히려 나와 같은 계층 가운데 가장 신앙이 없는 사람들에게서나 발견했지, 신앙이 있다고 말하는 사람들에게선 결코 발견하지 못했던 것이다.

그리하여 나는 이 사람들의 신앙이 내가 찾던 신앙이 아니라는 사실을 깨달았다. 그들의 신앙은 신앙이 아니라 단지 삶에 대한 쾌락주의적 위안 가운데 하나였던 것이다. 나는 이런 신앙이 죽음의 침상에 누워 참회하는 솔로몬의 마음에 참된 위안을 주지는 못하여도 어느 정도 마음을 진정시키는 선에선 유용하리라는 걸 깨달았다. 하지만 다른 사람의 노동을 소비하며 호사를 누리는 사람이 아니라, 스스로 삶을 개척하며 살도록 부름 받은 훨씬 더 많은 사람들에게 그런 신앙은 쓸모가 없다. 모든 인류가 삶을 영위하기 위해, 또한 인생의 의미를 부여하면서 계속 살아나가기 위해서 이 수십억의 사람들에게 필요한 것은 신앙에 대한 다른, 참된 지식이다. 사실 내가 신앙의 존재를 확신하게 된 것은, 솔로몬이나 쇼펜하우어처럼 내가 스스로 목숨을 끊지 않았기 때문이 아니라, 수십억의 사람이 삶을 살아왔고 또 지금도 살고 있듯이, 솔로몬도, 나도 이 삶의 파도에 휩쓸려 왔다는 점 때문이었다.

그리하여 나는 가난하고 소박하며 배우지 못한 사람들 가운데 신앙인들, 순례자들, 수도사들, 구교도인들, 농민들과 가까워지기 시작했다. 이들 평범한 민중의 신앙은 우리가 속한 계층의 유사 신앙인들과 같은 그리스도교 신앙이었다. 여기서도 매우 많은 미신들이 그리스도교의 진리에 혼합되어 있지만, 그 차이는, 우리와 같은 계층의 신앙인들이 믿는 미신은 그들에게 전적으로 불필요한 것들로서 그들의 삶과는 전혀 관계가 없고 단지 일종의 쾌락주의적 위안에 부합되는 것들인 반면, 노동자 계층의 신앙인들이 믿는 미신은 그들의 삶과 매우 밀접하게 연관되어 있어서 이 미신이 없이는 그들의 삶을 상상할 수 없다는 점에 있었다. 민중들이 믿는 미신은 그만큼 민중의 삶에 필수적인 조건이었다. 우리와 같은 계층의 신앙인이 영위하는 삶은 모두 자신의 신앙에 모순되었지만, 노동자 계층의 신앙인들은 모두 신앙으로부터 주어진 인생의 의미를 발판으로 한 삶을 살았다. 그래서 나는 이 사람들의 삶과 신앙생활을 주의 깊게 살펴보기 시작하였고, 깊이 살펴보면 볼수록 그들의 신앙이 참된 신앙이며, 그들의 신앙이 그들에게는 반드시 필요하고, 또 오직 신앙만이 그들에게 삶의 의미와 가능성을 주고 있다는 확신이 더욱 강하게 들었다. 우리 계층에서 목도한 바, 신앙 없이도 생활이 가능하고, 또 자신을 신앙인으로 인정하는 사람이 천 명 중 한 명이 될까 싶은 현상과 정반대로 노동자 계층에서는 비신앙인이 천 명 중 한 명이 될까 말까했다. 또한 모든 생활이 나태와 오락과 삶에 대한 불만으로 가득 찬 우리 계층과는 반대로, 이 사람들의 생활은 모두 힘겨운 노동으로 가득 찼지만, 그래도 그들은 부유한 사람들보다 삶에 대한 불만이 덜했다. 우리와 같은 계층의 사람들이 빈곤이나 고통에 처하면 운명에 저항하며 분노하는 데 반해, 이 사람들은 질병과 고난이 닥쳐와도 어떠한 의혹이나 저항도 없이 평온하면서도 굳건하게 이 모든 것을 받아들이며, 이 일들을 있을 수밖에 없고 달리 어쩔 수 없는 일로, 또한 좋은 것으로 확신하며 받아들였다. 지적이면 지적일수록 인생의 의미에 대한 이해의 폭은 점점 줄어들고, 우리가 당하는 고통과 죽음에 대해 우리를 조롱하는 모종의 악한 세력이 있다고 생각하는 것과 반대로, 이 사람들은 삶을 살고 고통을 당하면서 죽음에 이르는 모든 과정을 평온한 마음으로, 심지어 많은 경우 기쁜 마음으로 받아들인다. 또한 평온한 죽음이나 공포와 절망을 느끼지 않는 죽음이란 찾아보기 드물고 예외적인 우리 계층에 반해, 민중들에게선 죽음을 맞아 평온을 잃고 저항하거나 고통을 느끼는 경우는 보기 드문 예외적 경우라 할 수 있다. 그리고 솔로몬이나 나와 같은 사람들이 인생의 유일한 낙으로 여기는 것을 빼앗기고도 지고의 행복을 느끼는 그런 사람들이 절대다수이다. 나는 시야를 넓혀 내 주위를 돌아보았다. 나는 지난 과거를 살다 가고, 현재 삶을 살고 있는 무수한 대중의 삶을 살펴보았다. 그러자 인생의 의미를 깨닫고 어떻게 살고 어떻게 죽을 것인가를 알았던, 두 명 세 명 열 명이 아닌 수백 수천 수백만의 사람들이 눈에 들어왔다. 그들은 인생에 대해 아무것도 모르는 나와 정반대로 기질, 지력, 교육, 처한 상황 등이 완전히 다름에도 불구하고, 모두들 실로 한결같이 삶과 죽음의 의미를 깨달아 알았으며 담담하게 노동에 임하고 있었다. 또 온갖 궁핍과 고통을 감내하는 가운데에서도 그 속에서 허무가 아닌 선(善)을 발견하며 살았고 또 죽어갔다.

그리하여 나는 이 사람들을 사랑하게 되었다. 현재 살아있는 사람들의 생활과, 지금은 죽었지만 책으로 읽고 또 전해 들었던 사람들의 생활을 관찰할수록 그들에 대한 나의 사랑은 점점 더 강해졌고 내 자신의 삶도 점점 편안해졌다. 그렇게 한 이 년 정도를 살았을 때, 나는 오래 전부터 내 속에서 준비되어 있었고 그럴만한 자질이 언제나 내 속에 내재해 있었던 일대 전환을 경험했다. 그것은 바로 내가 속한 계층, 즉 부유하고 학식 있는 사람들의 삶이 내게 역겹게 느껴졌을 뿐만 아니라 아무런 의미도 찾을 수가 없게 되었다는 사실이다. 우리의 모든 행위와 판단들, 학문, 예술, 이 모든 것들이 한갓 장난처럼 느껴졌다. 그 속에선 아무런 의미도 찾을 수 없음을 깨달았다. 반면 노동하는 민중들, 삶을 직접 개척해나가는 사람들의 행위야말로 유일하고 진정한 과업으로 여겨졌다. 그리하여 나는 이런 삶에 부여되는 의미가 진리임을 깨닫고, 그것을 받아들였다.

XI

　동일한 신앙임에도 불구하고, 사람들이 입으로는 신앙을 고백하면서도 그것에 역행하는 삶을 사는 것을 보았을 때, 그 신앙은 나의 반발심을 불러일으켰고 무의미한 것으로 여겨졌다. 하지만 사람들이 그 신앙에 따라 살아가는 것을 보았을 때, 동일한 바로 그 신앙은 나의 마음을 끌었고 합리적인 것으로 여겨졌다. 이 사실을 기억하고 나는 내가 그 당시엔 그런 신앙을 무의미한 것으로 생각하고 거부했다가 이제 와서 왜 그것의 충만한 의미를 발견하고 받아들이게 되었는지 그 이유를 깨닫게 되었다. 내가 미혹에 빠졌었다는 사실과 어떻게 미혹에 빠지게 되었는지를 깨달은 것이다. 미혹에 빠진 이유는 내가 잘못 생각했기 때문이라기보다는 추악한 삶을 살았기 때문이었다. 진리로부터 나의 눈이 가려진 이유는 미혹에 빠진 나의 생각에 있었다기보다 오로지 쾌락주의와 욕구충족만을 위해 살아온 나의 삶에 있었음을 나는 깨달았다. 나의 인생은 무엇인가라는 질문과 그건 악(惡)이라는 대답은 전적으로 옳았다는 것 또한 나는 깨달았다. 다만 잘못된 것은 오로지 나에게만 해당되는 그 대답을 내가 모든 사람의 인생 전반에 적용시켰다는 점이었다. 즉, 나는 내 자신에게 나의 인생이 무엇인가라는 질문을 던졌고, 그것은 악이며 무의미한 것이라는 대답을 얻었다. 사실상 온갖 욕구를 묵인하며 살았던 나의 삶은 그야말로 무의미한 것이며 악이었다. 따라서 "인생은 악이며 무의미한 것"이라는 답은 전적으로 나의 삶에 적용되는 것일 뿐, 모든 인생에 전반적으로 적용되는 것은 아니었다. 나는 나중에 복음서에서 찾게 될 진리를 깨달았다. 사람들이 빛보다 어둠을 더 좋아해서, 그들이 하는 일은 악하다는 것이다. 그래서 나쁜 일을 행하는 모든 사람은 빛을 싫어하고 자기가 한 일이 탄로 나지 않도록 빛 가까이에 가지 않는다는 것이다.[54] 나는 인생의 의미를 깨닫기 위해서는 무엇보다 먼저 인생이 무의미하고 악이 되어서는 안 된다는 것과, 그 다음으로 인생의 의미를 이해하기 위하여 이성이 필요하다는 것을 깨달았다. 또한 왜 그렇게 오랫동안 내가 그토록 선명한 진리의 주위만 맴돌았는지도 깨달았다. 그리고 인류의 삶에 대해 생각하고 말해야 한다면, 기생충과도 같은 몇몇 사람이 아니라, 전체 인류의 삶에 대해 생각하고 말해야 한다는 것을 깨달았다. 이 진리는 언제나 2×2=4와 같은 진리였지만, 나는 그것을 인정하지 않았다. 왜냐하면 2×2=4를 인정하게 되면, 내가 선량하지 못한 인간이라는 것을 인정할 수밖에 없었기 때문이다. 아무튼 나에게는 나 자신을 선한 사람이라고 느끼는 것이 2×2=4라는 진리를 인정하는 것보다 더 중요하고 절실했다. 그런데 선한 사람들을 사랑하고, 나 자신을 미워하게 되자 나는 진리를 인정하게 되었다. 이제 내게 모든 것이 명확해졌다.

사람의 목을 자르는 형장에서 평생을 보낸 사형 집행인이나 사경을 헤매는 술주정뱅이 또는 평생 어두운 방에 틀어박힌 채 자기 방에 똥칠을 하면서 그 방을 나가기만 하면 죽을 거라고 생각하는 미치광이가 있다고 하자. 그런 사람들이 스스로에게 인생이 무엇이냐고 묻는다면, 어떻게 될까? 분명한 사실은 그런 인생은 최대의 악이라는 것 외에 그들에게서 다른 대답을 듣기란 불가능할 것이라는 점이다. 미치광이가 그렇게 대답하는 것은 전적으로 옳다. 하지만 그것은 그에게만 옳을 대답일 뿐이다. 그렇다면 내가 그런 미치광이라면? 또 우리네 부유하고 학식 있는 사람들이 모두 그런 미치광이들이라면 어떻게 될까?

그런데 우리가 정말로 그런 미치광이였다는 것을 나는 깨달았다. 모르긴 몰라도 나야말로 그런 미치광이였던 것이다. 사실상 새는 날아다니고 모이를 모으고 둥지를 치면서 존재하게끔 되어 있다. 그리고 이렇게 살아가는 새를 보면 나는 기쁨을 느낀다. 염소나 토끼, 늑대는 먹을 것을 찾고 새끼를 낳고 기르면서 존재하게끔 되어있는데, 그렇게 살아가는 동물들을 보면 나는 그것들이 행복하고 그 삶이 합목적이라는 강한 확신이 든다. 그렇다면 인간은 무엇을 해야 하는가? 인간 역시 동물들처럼 그렇게 생명을 유지할 수밖에 없지만, 단지 차이점이 있다면 인간은 자기 혼자만 생명을 유지하면 파멸하게 된다는 사실이다. 인간은 자기 자신뿐 아니라 모두를 위해 생명을 유지해야 한다. 나는 그렇게 살아간다면 인간은 행복하고 그 삶이 합목적성을 가지리라는 강한 확신이 있다. 삼십 년 동안 의식을 가지고 살아오면서 나는 무엇을 했던가? 모두를 위한 삶뿐만 아니라 나 자신을 위한 삶도 살지 않았다. 그저 내가 왜 살아야하는지에 대해 의문을 품고, 살아야 할 아무런 이유도 없다는 답만을 얻은 채 기생충처럼 살았다. 만약 인생의 의미가 그것을 애써 이뤄나가는데 있다면, 나처럼 생명의 유지가 아닌 나 자신과 다른 사람들의 삶을 망가뜨리는 일에 삼십 년 동안 몰두해온 사람이 인생은 무의미하고 악이라는 것 외에 달리 어떤 답을 얻을 수 있겠는가? 그런 삶이 무의미하고 악했던 것은 당연하다.

  이 세상의 삶은 누군가의 의지에 의해 실현되고 있다. 누군가 이 온 세상의 삶과 우리 자신의 삶을 통해 무슨 일인지는 모르지만 자신의 일을 행하고 있는 것이다. 이러한 의지의 의미를 깨닫기를 희망한다면 무엇보다 먼저 그 의지가 우리에게 원하는 것을 행함으로써 그것을 성취해야 한다. 만약 이 의지가 나에게 원하는 것을 내가 행하지 않는다면, 그것이 나에게 원하는 것이 무엇인지 결코 깨달을 수 없을 뿐만 아니라, 우리 모두에게 또한 이 온 세상을 대상으로 그것이 원하는 것이 무엇인지는 더더욱 깨달을 수 없을 것이다.

  만약 길거리에서 헐벗고 굶주린 거지를 으리으리한 호화주택으로 데려와 음식과 음료로 잘 대접한 다음 어떤 굴대를 위아래로 움직이라고 시킨다면, 그 거지는 자기가 왜 이곳으로 끌려왔는지, 왜 이 굴대를 움직여야 하는지, 이 집은 제대로 지어졌는지 등을 따지기 전에 우선 굴대부터 움직일 것이다. 그리고 그렇게 굴대를 움직이다 보면, 굴대가 펌프를 움직이고, 펌프가 물을 끌어올리고, 그러면 물이 작은 홈통을 따라 흐르게 한다는 것을 알게 될 것이다. 그러고 나면 그 거지에게 우물질을 그만 두고 다른 일을 하도록 시킬 것이고, 그는 과일을 따든지 무엇을 하든지 시킨 일을 하여 주인을 기쁘게

할 것이다. 그렇게 하급 일에서 상급 일로 옮겨가면서 점점 더 그 집의 전체구조를 이해하고 그 집의 일에 더 깊이 관여하게 되면, 그는 자기가 그곳에 있어야 하는 이유에 관해 물을 생각조차 하지 않을 것이고, 또 주인을 비난하게 될 일은 절대 없을 것이다.

그렇게 주인의 의지를 실행하는 자들은 주인을 비난하지 않는다. 그들은 소박하고 학식 없고 노동을 업으로 살아가는 사람들로서 바로 우리가 가축처럼 생각하는 사람들이다. 하지만 현자라고 자처하는 우리는 주인에게 속한 것들을 남김없이 먹어대면서도 주인이 우리에게 원하는 것은 전혀 행동으로 옮기지 않으며, 그 대신 빙 둘러 앉아, '이 굴대를 움직여서 무엇 하나? 이건 어리석기 짝이 없는 짓이야.' 하며 머리만 굴린다. 이렇게 우리는 생각에 생각을 거듭한다. 그리고 결국 주인이 어리석다거나, 주인은 없다고까지 생각하게 된다. 동시에 원래 우리는 현명한데 아무 짝에도 쓸모가 없다는 느낌만 받게 된다. 그리하여 어떡해서든지 우리 스스로 이런 상태에서 벗어나야 한다고 생각한다.

XII

　이성적 지식의 오류에 대한 인식은 헛된 지적 고찰의 유혹으로부터 나를 자유롭게 해주었다. 진리의 인식이 오직 삶을 통해서만 발견할 수 있다는 확신은 내 삶의 정당성에 대한 의심으로 이어졌다. 그러나 내 자신의 우월성에서 벗어나 노동을 업으로 살아가는 소박한 민중의 진정한 삶을 경험하고, 그것만이 진정한 삶임을 깨닫게 되었을때, 비로소 나는 구제될 수 있었다. 내가 만일 인생과 인생의 의미를 이해하기 원한다면, 기생충의 삶이 아니라 진정한 삶을 살아야하고, 진정한 인류가 인생에 부여하는 의미를 받아들이고, 그런 삶을 살면서 그 의미를 점검해야 함을 깨달았던 것이다.

　바로 그 시기에 나에게 다음과 같은 일이 또다시 벌어졌다. 그해 내내 나는 거의 한 순간도 빠짐없이 내 삶을 끝내기 위해 목을 매달 것인가 아니면 총을 쏠 것인가 고민했고, 그 시간 내내 나는 지금까지 말한 사색과 고찰의 과정을 겪으며 동시에 고통스러운 감정에 시달리며 지냈다. 나는 이 감정을 신의 추구라고 밖에 달리 표현하지 못하겠다.

이런 신의 추구가 이성적 판단이 아니라 감정이라고 말하는 이유는 이 추구가 나의 사유과정에서 나온 것이 아니라(그것은 오히려 사유와는 정반대의 것이다.) 마음에서 우러나온 것이기 때문이다.[55] 이것은 두려움과 고립의 감정, 온갖 낯선 것들 사이에서의 고독감, 그리고 누군가의 도움을 바라는 심정이었다.

나는 신의 존재를 증명하는 것이 불가능하다는 것을 철저히 확신하고 있었으나(신의 존재에 대한 증명이 불가능하다는 것은 이미 칸트가 증명하였었고, 나는 칸트에 관해 잘 이해하고 있었다.)[56] 이와 상관없이 나는 신을 발견하기를 희망하면서 신을 찾았다. 그러면서 내가 추구했으나 찾지 못한 그 존재에게 예전의 습관대로 기도를 드렸다. 신의 존재를 증명하는 것이 불가능하다는 칸트와 쇼펜하우어의 논지[57]를 머릿속으로 검토할 때가 있는가하면, 그들을 반박할 때도 있었다. 나는 나 자신에게 이렇게 말했다. 원인은 시간이나 공간과 같은 사고의 범주가 아니다. 내가 존재한다면 내 존재에 대한 원인이 있고 그 원인에 대한 원인이 있을 것이다. 그리고 이 모든 것의 원인은 소위 신이라고 불리는 존재이다. 나는 이 사상을 견지하며 모든 존재에 내재하는 이 원인을 인식하려고 애를 썼다. 나를 지배하는 어떤 힘이 있다는 것을 인식하자, 나는 곧바로 삶의 가능성을 느꼈다. 그러나 나는 또 이렇게 자문했다. "이 원인, 이 힘은 도대체 무엇인가? 이 힘을 어떻게 생각해야 하며, 또 내가 신이라고 부르는 것에 대해 어떤 태도를 취해야 하는가?" 그러자 익숙한 답이 내 머릿속에 떠올랐다. "그는 창조주이며 조물주이다." 이런 대답은 나를 만족시키지 못했다. 그리고 나자 내 속에서 삶을 위해 나에게 필요한 무엇인가가 무너져 내리는 것 같은 느낌이 들었다. 두려움에 빠진 나는 내가 추구하던 존재에게 도와달라고 기도하기 시작했다. 그리고 기도를 하면 할수록, 그가 내 기도를 듣지 않는다는 것과 내가 기댈 수 있는 그런 존재란 어디에도 없다는 것이 점점 더 명확해졌다. 신의 철저한 부재에 한없이 절망하면서 나는 부르짖었다. "주여, 불쌍히 여기소서. 나를 도와주소서! 주여, 나에게 가르침을 주소서, 나의 신이여!" 하지만 아무도 나를 불쌍히 여기지 않았고, 나는 나의 삶이 멈춰버린 듯한 느낌이 들었다.

  하지만 아무리 거듭하여 생각해 보아도 나는 내가 그 어떤 동기나 원인, 의미도 없이 이 세상에 나왔을 리 없다는 것과 나 자신이 느끼는 것처럼 둥지에서 떨어진 새끼 새로 존재할 수는 없음을 다시금 인정할 수밖에 없었다. 설사 내가 둥지에서 떨어진 새끼 새처럼 키 높은 풀숲 사이에 떨어져 울고 있다 하여도, 내가 우는 것은 나를 낳아주고 품어주고 따뜻하게 감싸주고 먹여주고 사랑해준 어머니가 있다는 것을 알고 있다. 그런데 그녀, 그 어머니는 어디에 있는가? 만일 내가 버림받았다면, 나를 버린 사람은 누구일까? 누군가 나를 사랑해주고 낳아주었다는 건 숨길 수 없는 사실이다. 그렇다면 이 누군가는 누구란 말인가? 다시금 신에게로 돌아오지 않을 수 없었다.

"그는 내가 추구하는 바와 내가 겪은 절망, 투쟁을 알고 있고 또 보고 있다. 그는 존재한다." 나는 내 자신에게 말했다. 이것을 인정하는 순간 곧바로 내 안에서 생명이 약동했고 존재의 가능성과 기쁨이 느껴졌다. 하지만 신의 존재를 인정하는 것에서 나는 다시금 신과의 관계 탐색에 더 관심을 기울이게 되었고, 다시금 삼위일체의 신이며, 아들을 속죄양으로 보낸 우리의 창조주인 그 신이 떠올랐다. 그러자 또다시 이 세계로부터, 나로부터 단절된 신은 마치 얼음장처럼 내 눈에서 용해되어 자취도 없이 사라져 버렸다. 그와 함께 삶의 원천이 다시 고갈되어 버렸다. 나는 절망했고 스스로 목숨을 끊는 것 외에 달리 아무것도 할 수 있는 것이 없다는 느낌에 사로잡혔다. 그러나 더욱 절망스러운 것은, 내가 이것조차 하지 못하리라 느꼈던 것이다.

이런 상태, 즉 기쁨과 활기에 넘쳤다가도 금방 절망과 불가능한 삶의 인식에 사로잡히는 상태를 경험한 것이 두세 번이 아니었고 수십 번 수백 번에 이른다.

지금도 기억난다. 때는 이른 봄이었고, 나는 혼자 숲 속에서 숲이 내는 온갖 소리에 귀를 기울이고 있었다. 그러면서 근 삼 년 간 늘 그랬듯 한 가지 일만을 생각하고 있었다. 나는 다시금 신을 추구하고 있었던 것이다.

"그래. 그 어떤 신도 존재하지 않는다." 나는 나 자신에게 말하곤 했다. "나의 상상이 아니라, 나의 전 생애처럼 그렇게 실재하는 신이란 없다. 그리고 이것은 그 무엇으로도, 그 어떤 기적으로도 증명할 수 없다. 왜냐하면 기적 역시 나의 상상, 그것도 아주 비합리적인 상상에 지나지 않기 때문이다."

"그런데 내가 찾고 있는 존재, 신에 대해 내가 갖고 있는 이 관념은 무엇인가?" 나는 자문했다. "이 관념은 대체 어디에서 온 것이란 말인가?" 이 생각과 함께 내 속에선 다시금 기쁨에 찬 삶의 파도가 밀려왔다. 나를 둘러싼 모든 것이 생기가 넘쳤고, 의미가 느껴졌다. 그러나 기쁨은 오래 가지 않았다. 이성이 다시 작동하기 시작한 것이다. "신에 대한 관념은 신이 아니다." 나는 나 자신에게 말했다. "관념은 내 속에서 생기는 것이다. 신에 대한 관념은 내 스스로 내 속에서 불러 올 수도 있고, 또 불러오지 않을 수도 있다. 내가 찾는 것은 이런 것이 아니다. 내가 찾는 것은 없으면 도무지 삶이 불가능한 그런 것이다." 그러자 나를 둘러싼 모든 것과 내 속에 있는 모든 것들이 죽어갔고, 나는 다시 자살을 갈구했다.

그러나 그때 나는 내 자신을, 내 속에서 일어나고 있는 일을 돌아보게 되었다. 내 속에서 수백 번이나 일어났었던 모든 사멸과 소생의 과정들이 기억났다. 그리고 내가 살아있다고 느꼈을 때는 오롯이 신을 믿을 때뿐이었다는 것 역시 기억났다. 과거와 마찬가지로 이때에도 나는 나 자신에게 이렇게 말했다. "신을 아는 것이 중요하다고 여길 때, 나는 살아있음을 느끼고, 신을 잊어버리고 믿지 않게 되면 나는 죽어간다고 느낀다." 이 소생의 느낌과 사멸의 느낌은 무엇인가? 정말로 내가 신의 존재에 대한 믿음을 잃어버렸을 때 살아도 사는 것이 아니었고, 신을 발견하겠다는 희미한 희망마저 없었다면, 나는 이미 오래전에 스스로 목숨을 끊었을 것이다. 내가 살아있다고, 진정으로 살아있다고 느낀 때는 오로지 신을 느끼고 신을 찾는 동안이었다. '이외에 내가 찾는 것이 대체 무엇이란 말인가?' 하는 외침이 나의 내면을 울렸다. '그래 바로 그분이다. 없으면 살 수 없는 존재는 바로 그 분이며, 신을 아는 것과 삶을 사는 것, 이것은 동일한 것이다. 신은 곧 삶이다.'

'신을 찾으며 살라. 그러면 신이 없는 삶은 사라질 것이다.' 그러자 나의 내면과 나를 둘러싼 모든 것이 그 어느 때보다도 더 강렬하게 빛나기 시작했고, 이 빛은 더 이상 나를 떠나지 않았다.

그렇게 나는 자살의 위험에서 벗어났다. 언제 어떻게 나의 내면에서 이런 전환이 일어났는지 딱 잘라 말하기는 힘들다. 내 속에서 생명의 기운이 눈에 띄지 않게 서서히 사그라져 어느 순간 삶을 영위하는 것이 불가능해지고, 삶이 앞으로 나아가길 멈추어 자살이 불가피해지는 상태에 이르렀던 것처럼 그렇게 서서히 눈에 띄지 않게 생명의 기운이 내게로 돌아온 것이다. 그런데 이상한 것은 내게로 돌아온 그 생명의 기운이 새로운 것이 아닌 아주 오래된, 내 삶의 초창기에 나를 이끌었던 그 기운이었다는 점이다. 나는 모든 면에서 맨 처음으로, 유년 시절과 청소년 시절로 되돌아갔다. 나를 창조하고 나에게서 뭔가를 원하는 그 의지에 대한 신앙으로 되돌아간 것이다. 나는 내 삶의 중대하고도 유일한 목적이 보다 선하게 되는 것, 즉 나를 창조한 의지와 일치된 삶을 사는 것이라고 믿었던 그 지점으로 되돌아갔다. 그리고 아득히 먼 옛날 온 인류가 미래의 향방을 위해 만들어낸 것 속에서 이 의지의 발현을 찾을 수 있다고 믿었던 그곳으로 되돌아갔다. 다시 말해 신에 대한 믿음, 윤리적 완성에 대한 믿음, 그리고 인생의 의미를 전해 주었던 전승(傳承)에 대한 믿음으로 되돌아간 것이다. 차이가 있다면 당시엔 이 모든 것을 무의식적으로 받아들였지만 이제는 이것이 없으면 삶을 살 수 없음을 알았다는 것이다.

나에게 일어난 일은 마치 다음과도 같은 일이었다. 언제인지는 기억나지 않지만 나는 작은 배에 실려 어떤 미지의 해안에서 다른 해안으로 향하고 있었다. 노질이라곤 단 한 번도 해본 적 없는 손에 노가 쥐어진 채 나는 혼자 남게 되었다. 나는 있는 힘을 다해 노를 저어 항해를 했지만 가운데로 나가면 나갈수록 물의 흐름이 빨라져 목적지에서 점점 멀어져만 갔다. 그럴수록 나처럼 물의 흐름에 떠밀려 다니는 항해자들을 점점 더 자주 만나게 되었다. 그들 중에는 부단히 노를 저어가는 외로운 항해자들이 있는가 하면, 노를 던져버린 항해자들도 있었고, 사람들로 가득 찬 큰 배, 엄청나게 큰 선박들도 있었는데, 물살을 헤치고 항해하는 편이 있는가 하면, 물살에 몸을 맡긴 채 항해하는 편도 있었다. 나는 멀리 나아갈수록 점점 더 많은 항해선들이 격류에 밀려 하류로 향하는 것을 보면서 나에게 정해진 방향을 잃고 말았다. 격류의 한가운데에 이르자 크고 작은 배들이 밀집한 채 하류로 휩쓸려 내려가는 것이 보였다. 나는 완전히 방향성을 상실한 채 노 젓기를 포기했다. 내 주위에서 돛에 의지하거나, 노를 젓던 항해자들이 사방에서 나에게, 그리고 자기네들끼리 다른 방향으로 가는 건 불가능하다고 주장하며 즐겁게 환호성을 지르며 물살을 따라 아래로 떠내려갔다. 그래서 나도 그들을 믿고 그들과 함께 떠내려갔다. 그렇게 먼 거리를 흘러가다가 어느 순간 급류가 흐르는 소리가 들렸는데, 물살의 소리만으로도 빠지면 영락없이 난파될 수밖에 없는 그런 급류였다. 아니나 다를까 이미 급류에 난파된 조각배들이 눈에 띄었다. 그러자 나는 제 정신이 들었다. 한동안 나는 내 앞에 무슨 일이 벌어진 건지 실감하지 못했다. 내 눈앞에 보이는 건 오직 파멸뿐이었다. 나는 파멸을 향해 달려가면서도 그 파멸이 두려워 어쩔 줄을 몰랐다. 그 어디에서도 구원의 손길은 보이지 않았고, 무엇을 해야 할지도 알 수 없었다. 그런데 고개를 돌려보니 수없이 많은 조각배들이 끈질기게 물살을 거슬러 끊임없이 올라가는 것이 보였다. 그 순간 나는 불현듯 해안이 생각났고, 배를 젓던 노와 내가 나아가던 방향도 생각났다. 그래서 물살을 거슬러 해안을 향해 위쪽으로 노를 젓기 시작했다.

해안은 신이었고, 진로는 전승된 것이었으며, 노는 해안을 향해 저어 가도록, 즉 신과의 일치를 위해 나에게 주어진 자유였다. 그렇게 생명의 기운이 내 안에서 새롭게 솟아올랐고 나는 다시 삶을 살기 시작했다.

XIII

 내가 속한 계층의 삶은 삶이 아니라 단지 사이비 삶에 지나지 않는다는 사실을 인식한 후, 나는 그런 삶과의 관계를 끊어버렸다. 그것은 또한 우리가 살고 있는 풍족한 삶의 조건이 우리로 하여금 삶을 전혀 이해하지 못하게 한다는 사실과 삶이 무엇인지 깨닫기 위해서는 우리와 같은 예외적이고 기생충 같은 삶이 아니라, 생명을 만들어내는 소박한 민중의 삶과 그들이 삶에 부여하는 그 의미를 이해해야 한다는 사실을 깨달았다. 내 주변에 있는 노동하는 소박한 민중은 러시아 민중이었다. 그래서 나는 그들과 그들이 삶에 부여하는 의미에 관심을 기울였다. 그 의미는 다음과 같이 표현될 수 있을 것이다. 즉 모든 인간은 신의 의지에 따라 이 세상에 태어났다. 인간을 창조할 때 신은 인간이 자신의 영혼을 죽일 수도 혹은 살릴 수도 있도록 만들었다. 삶에 주어진 인간의 사명은 자기 영혼을 살리는 일이다. 자기 영혼을 살리기 위해서는 신의 뜻대로 살아야 하고, 신의 뜻대로 살기 위해서는 삶의 모든 즐거움을 끊고 노동하고, 겸손하고, 인내하고, 관용적이어야 한다는 것이다.[58] 이와 같은 삶의 의미는 민중들이 사제들에 의해서 그리고 전설과 속담, 설화의 형태로 민중들 사이에 살아 있는 전승들을 통해 전해 받았고, 또 전해 받고 있는 모든 교리로부터 얻은 것이다.[59] 나는 이 인생의 의미가 명확하고도 친근하게 와 닿았다. 하지만 민중의 신앙이 지닌 그와 같은 의미는 분리파교도※가 아닌 우리 민중들과 굳게 결합되어 있었다. 나는 그들 가운데 살았는데, 나로서는 받아들이기 힘들고 설명할 수도 없는 많은 것들과 굳게 결합되어 있었다. 그것은 성사❋와 교회의 예배들, 단식, 성인의 유골과 이콘에 대한 경배 등이다. 민중은 이 양자를 분리할 수 없으며, 그건 나 역시 불가능했다. 민중신앙이 품고 있는 것 가운데 많은 것들이 나에겐 정말 이상하기 짝이 없었지만, 그래도 나는 그 모든 것을 받아들이며 각종 예배에 다녔고 아침저녁으로 기도회에 참석했을 뿐만 아니라 단식일도 지키며 정진하였다. 처음에는 나의 이성에서 아무런 반발도 일어나지 않았다. 이전에 불가

※ 러시아정교의 역사에서 17세기 니콘대주교의 전례 개혁에 저항하여 러시아정교의 주류에서 분리된 분파를 따르는 사람들. 구(舊)전례주의자 혹은 두손가락성호주의자라고도 불린다.

❋ 정교회와 로마가톨릭교회에서 준수하는 일곱 가지 중요 전례. 흔히 칠성사라 부른다.

능해 보였던 일들이 이제는 내 속에서 아무런 반발도 불러일으키지 않았던 것이다.

신앙에 대한 나의 과거와 현재의 태도는 완전히 달라졌다. 예전엔 삶 자체는 의미에 가득 찬 것으로 여겨졌고, 신앙은 전적으로 불필요하고 비합리적이며 실제 생활과는 아무런 연관도 없는 명제들을 자기 마음대로 확신하는 것에 불과한 것으로 여겨졌었다. 그 당시 나는 이런 신앙의 명제들이 무슨 의미가 있는지 자문해 보았지만 아무런 의미가 없다는 것을 확신하고는 그것들을 거부했다. 하지만 반대로 나의 삶이 어떤 의미를 가지지도 또 가질 수도 없음을 확실히 알게 된 지금은 그 신앙의 명제들이 불필요하게 여겨지기는 커녕 의심할 수 없는 경험을 통해 오직 이 신앙의 명제들만이 인생의 의미를 부여한다는 확신에 이르렀다. 과거에 나는 그 명제들이 완전히 불필요한 암호로만 보였는데, 현재는 설령 이 명제들이 이해되지 않는다 해도 그 속에 의미가 있다는 것을 알고 있고, 그래서 그것들을 이해하기 위해 배워야 한다고 나 자신에게 말하는 것이다.

나는 다음과 같은 판단을 내렸다. 신앙에 대한 지식은 이성을 지닌 전체 인류가 그러하듯 신비한 근원에서 흘러나온다. 그 근원은 신이며, 이 근원은 또한 인간의 몸과 이성의 근원이기도 하다. 나의 육체가 신으로부터 나에게까지 계승되어 왔듯이 이성과 삶에 대한 나의 깨달음도 신으로부터 나에게까지 온 것이다. 그러므로 이와 같은 삶에 대한 이해의 발전 단계는 모두 허위일 수가 없다. 사람들이 진심으로 믿는 모든 것은 진리임에 틀림없다. 그 진리는 상이하게 표현될 수는 있지만, 허위일 수 없다. 따라서 진리가 허위로 여겨진다면, 그것은 내가 그 진리를 이해하지 못했다는 의미일 뿐이다. 그 외에도 나는 이렇게 내 자신에게 말했다. 모든 신앙의 본질은 그것이 죽음으로 소멸되지 않는 의미를 인생에 부여한다는 점에 있다. 그러므로 화려한 황제의 자리에서 죽어가는 사람이든 노역에 찌든 늙은 노예, 아니면 순진하기만 한 어린아이든 혹은 현명한 노인이나 정신없는 노파든, 아니면 행복에 겨운 젊은 여인이나 열정적으로 반항하는 청년이든 생활 환경이나 교육 정도가 전혀 다른 모든 사람들의 질문에 신앙이 답을 줄 수 있어야 하는 것은 당연한 일이다. 또한 "나는 왜 사는가? 나의 삶에서 무엇이 나올 것인가?"라는 인생의 유일하고도 영원한 이 질문에 대한 답이 하나라면, 그것이 드러나는 모습은, 그 본질이 동일하다 하여도, 무한히 다양할 수밖에 없다는 것 역시 당연한 일이다. 그리고 그 대답이 동일하면 할수록, 또 진실하고 심오하면 할수록, 각 사람의 교육이나 상황에 따라 그것이 표현되는 각각의 양태가 더 기이하고 괴이하게 나타날 수밖에 없는 것도 당연하다. 그러나 이러한 판단이 신앙 의식(儀式) 면에서 내가 느끼던 기이한 점들에 정당성을 부여해 주긴 했지만, 나에게 있어 인생의 유일한 활동인 신앙생활에서 여전히 의구심을 품고 있는 행동을 실천하도록 인도하기에는 역부족이었다. 나는 민중의 신앙 의식을 수행함으로써 그들과 일치하고자 온 마음을 다해 원했지만, 그럴 수가 없었다. 만일 그런 행위를 한다면, 내가 신성하다고 여기는 것들을 내가 조롱하고 그 앞에서 거짓을 범하는 꼴이 된다고 느꼈던 것이다. 그런데 그때 러시아어로 된 새로운 신학 서적들이 출간되어 나에게 도움이 되었다.[60]

이 신학자들의 설명에 따르면, 신앙의 근본 교리는 교회의 무오류성이다. 이 교리를 인정하면 그 필연적인 결과로 교회가 신봉하는 모든 것이 진리라는 결론이 도출된다. 사랑으로 결합된 신자들의 공동체이며, 따라서 진정한 지식을 소유한 교회가 내 신앙의 근간이 되었다. 나는 스스로에게 이렇게 말하곤 했다. 신의 진리는 한 개인이 다가갈 수 있는 것은 아니고, 오직 사랑으로 결합된 사람 전체에게 계시될 뿐이다. 진리에 이르려면 분열되어서는 안 된다. 분열되지 않기 위해서는 사랑해야 하고 견해가 일치하지 않는 사람들과 화해해야 한다. 진리는 사랑에게만 자신을 드러낸다. 그러므로 우리가 교회의 의식들을 따르지 않으면 그로써 우리는 사랑을 훼손하는 것이며 사랑을 훼손하게 되면 진리를 인식할 수 있는 가능성도 잃게 되는 것이다. 그 당시 나는 이런 판단논리 속에 궤변이 내포되어 있음을 알지 못했다. 또한 사랑에서의 합일이 지고한 사랑을 불러일으킬 순 있어도, 절대로 특정한 언어로 표현된 니케아 신경의 신학적 진리는 보여주지 않는다는 것을 알지 못했다.[61] 또한 결코 사랑이 어떤 특정한 진리의 표현을 일치를 위한 필수 요소로 만들 수 없다는 것을 알지 못했다. 당시 나는 이와 같은 판단 오류를 알지 못했고, 또 그 덕분에 정교회의 모든 의식들을, 그 대부분을 이해하지는 못하면서도 받아들이고 준수할 기회를 얻은 셈이었다. 그 당시 나는 온 마음을 다해 모든 판단과 모순을 피하려고 노력했고, 마음속으로 받아들이지 못하던 교회의 명제들을 가능한 한 이성적으로 설명하려고 애를 썼다.

교회의 의식을 행하면서 나는 이성을 억제했고, 온 인류가 지녀온 거룩한 전승(傳承)에 나를 맞추었다. 나는 나의 선조들, 내가 사랑하는 사람들, 아버지, 어머니, 할아버지, 할머니와 하나가 되었다. 그들과 그리고 과거에 살았던 모든 이들은 신앙을 가지고 생활했고, 그 속에서 나를 낳았다. 나는 민중 가운데 내가 존경한 수백만의 사람들과 하나가 된 것이다. 게다가 이 행위는 그 자체에 어떠한 추악함도 들어 있지 않았다 (내가 추악하다고 보는 것은 욕망에 대한 탐닉이다.). 교회 예배에 참석하기 위해 아침 일찍 일어나면서 나는 나 자신의 이성적 자만심을 억제하기 위해서, 나의 조상들 그리고 동시대인들과 가까워지기 위해서, 인생의 의미를 추구하기 위해 나 자신의 육체적 안일을 희생하였고, 내가 잘하고 있다는 생각이 들었다. 고해 성사를 앞둔 재계의식이나 성무일도에 참여할 때도 또 모든 금식 규정을 지킬 때도 마찬가지였다. 이런 희생들이 아무리 보잘것없어도, 그건 선(善)을 위한 희생이었다. 나는 재계의식을 지켰고 금식을 했으며 집과 교회에서 기도 시간을 준수했다. 교회 예배 중에 성경말씀을 들을 때 나는 한마디 한마디에 집중하면서 할 수 있는 한 의미를 부여했다. 성찬례에서 나에게 가장 중요한 말은 "서로 사랑하면서 한 마음이 되어라."[62]였다. 하지만 이어지는 말, "성부와 성자와 성령을 믿습니다."라는 말은 이해할 수가 없어서 그냥 흘려들었다.[63]

XIV

그 당시 내가 모순적이고 불분명한 교리를 무의식적으로 못 본 체하면서 믿을 수밖에 없었던 이유는 살기 위해서였다. 하지만 교회의 의식들에 대한 나의 의미 부여는 한계가 있었다. 연도*에서 중요한 말들이 점차 선명하게 와 닿았다. 가령 다음과 같은 말들, "가장 거룩하신 우리의 성모님과 모든 성인들을 기억하며, 우리 자신과 우리 모두를 그리고 모든 생명을 우리 구세주 하느님께 바치옵니다."라는 기도는 어떤 식으로든 납득이 되었다. 또 가장 많이 반복되는 황제와 황족을 위한 기도문은 그들이 다른 사람들보다 더 많은 유혹에 시달리기 때문에 그만큼 기도가 더 필요하다고 볼 수 있고, 또 적과 원수들을 완전히 섬멸하게 해달라는 기도들[64]은 적은 악하기

※ 연도(連禱): 영어로는 Litany. 탄원기도라고도 한다(가톨릭에서는 위령기도, 정교회에서는 평화연도를 주로 가리킴.). 참회와 별세 등 특별한 의향에 맞춰 바쳐지는 기도로 보통 선창(계)과 후창(응)을 맞춰 길게 이어진다.

때문에 그렇다고 설명할 수 있었다. 하지만 케루빔 기도*나 봉헌기도의 신비,[65] "모든 전쟁에 능하신 여왕이시여"*등은 예배 가운데 거의 삼분의 이나 차지하는데, 도무지 설명할 길이 없었다. 억지로라도 설명하려고 들면, 내가 거짓말을 하고 있다는 느낌과 함께 신과 나와의 연관성이 전부 파괴되어 신앙의 모든 가능성을 완전히 잃어버리는 느낌에 사로잡히게 되는 것이다.

나는 교회의 대축일 예식 때에도 동일한 감정을 느꼈다. 안식일을 지키는 것, 다시 말해 신에게 봉헌하는 마음으로 하루를 바치는 것은 이해할 수 있었다. 하지만 대축일은 나로서는 그 실상을 도무지 상상할 수도 없고, 또 이해할 수도 없는 부활이라는 사건을 기념하는 것이었고, 그 부활의 이름을 따서 매주 축일로 삼은 것이었다.* 그리고 내가 도저히 이해할 수 없는 성찬의 신비[66]가 이날 이루어졌다. 성탄절을 제외한 남은 열두 번의 축일[67]은 모두, 내가 생각 자체를 회피하며 부인하지 않으려 애썼던 기적을 기념하는 날들이었다. 즉 승천, 오

✱ 정교회 예배에서 하느님의 보좌를 호위하는 케루빔 천사에게 바치는 성가를 말한다. 케루비콘이라고도 한다.

✱ 정교회 예배 가운데 성모에게 바치는 찬가의 첫머리 가사이다.

✱ 러시아의 일요일은 '부활'이라는 뜻을 가진다.

순절, 공현절, 성모 비호 축일✠ 등이다. 이런 축일들을 기념하는 예식들에서 중요한 의미를 부여하는 것이 나에게는 정반대의 의미로만 다가옴을 느끼게 되자 나는 나를 진정시켜 줄만한 설명을 생각해 내거나 나를 미혹시키는 것을 보지 않기 위해 아예 눈을 감아 버리곤 했다.

이런 일이 가장 심하게 일어나는 때는 가장 일반적인 성사이면서도 교회에서 가장 중요하게 여기는 세례성사와 성체성사였다. 여기서 나는 도저히 상상할 수 없고 이해할 수 없는 어떤 행위들과 직면하곤 했다. 나는 이 행위들이 나를 시험하는 것처럼 느껴졌고, 그래서 거짓말을 하지 않으면 아예 그만둘 수밖에 없는 딜레마에 빠지게 되었다.

몇 년만에 처음으로 성찬식에 참석했던 그날,[68] 내가 경험했던 그 고통스러운 감정은 결코 잊을 수 없을 것이다. 예배와 고해 성사, 여러 규율들, 이 모든 것이 전부 이해되면서 이를 통해 나의 내부에선 인생의 의미가 밝혀지고 있다는 기쁨에 찬 인식이 일어나고 있었다. 나는 성찬예식 자체가 그리스도를 기념하면서 죄의 정화를 느끼고 또 그리스도의 가르침을 온전히 받아들임으로써 이루어지는 행위라고 이해했다. 설령 이러한 나의 이해가 작위적인 것이었을지라도 나는 그 작

✠ '테오토코스', 즉 하느님의 어머니인 성모 마리아의 비호(庇護)를 기리며 바치는 정교회의 특별한 축일이다.

위성을 깨닫지 못했다. 나는 성직자 앞에서, 소박하고 소심한 사제 앞에서 겸손하게 나 자신을 낮추고 나의 잘못을 고백하며 내 영혼의 모든 죄를 털어버리는 일이 너무나 기뻤다. 또한 그런 규율을 위한 기도문을 작성한 교부들의 갈망과 나의 사상이 일치하는 것이 너무나 기뻤고, 과거와 현재의 모든 신자들과 결합한다는 것이 너무나 기뻐서 이런 나의 모습이 전혀 작위적으로 느껴지지 않았다. 하지만 임금의 문*으로 다가선 나에게, 내가 곧 삼키게 될 것이 진짜 몸과 피임을 믿는다고 따라 말할 것을 사제가 요구했을 때, 나는 가슴이 에이는 것 같은 고통을 느꼈다.[69] 이것은 단순히 뭔가 부자연스러운 차원이 아니라, 단언컨대 신앙이 무엇인지 전혀 이해하지 못하는 사람의 입에서 나오는 잔혹한 요구였던 것이다.

이제야 이것이 잔혹한 요구였다고 말할 수 있지, 당시 나는 이런 생각은 하지도 못하였고 그저 뭐라 표현할 수 없는 고통만 느꼈었다. 그 당시 나는 이미 인생의 모든 게 명확하다고 생각했던 젊은 시절의 내가 아니었다. 내가 신앙에 다다르게 된 것은 신앙을 통하지 않으면 파멸 외에는 아무것도, 정말이지 아무것도 찾을 수 없었기 때문이었다. 이런 이유로 인해 나는 신앙을 포기할 수 없었고 신앙에 복종했던 것이다. 그리

※ 정교회의 제단에 해당하는 '이코노스타시스'(성화벽)의 중앙문을 가리킨다.

고 나는 내 마음속에서 이것을 참을 수 있도록 도와준 어떤 감정을 발견했다. 그것은 자기 비하와 겸손의 감정이었다. 나는 겸손하게 나를 낮추고 별다른 신성모독의 감정 없이 믿고 싶다는 마음만으로 그 피와 몸을 받아 삼켰다. 하지만 마음은 이미 타격을 받은 것이다. 내 앞에 무엇이 기다리고 있는지 알았기 때문에 나는 두 번 다시 그런 예배의식에 참여할 수가 없었다.

어쨌든 나는 교회의 의식들을 그런 식으로 지켜나갔고, 내가 따랐던 신앙의 가르침 속에 진리가 있다는 것을 여전히 믿고 있었다. 그러던 중에 지금은 분명하지만 당시의 나에겐 기이한 일이 일어났다.

나는 글을 모르는 농부 순례자들이 신과 신앙, 인생, 구원에 관해 나누는 대화를 듣고 신앙의 지식을 깨우쳤다. 나는 민중들과 가까워졌고 인생과 신앙에 관한 그들의 생각을 들으며 점점 더 진리를 깨닫게 되었다. 또한 『체티미네이』와 『프롤로그』[*70]를 읽을 때도 마찬가지 일이 일어났고,[71] 그 결과 이 책들은 내가 즐겨 읽는 책이 되었다. 기적에 관한 부분들은 제외하고, 책에 기록된 것들을 어떤 사상을 보여주는 이야기

＊『체티미네이』는 교회력에 맞춰 성인들의 삶을 기록해놓은 일종의 성인열전이고, 『프롤로그』는 성인들의 일화와 어록을 교회력에 따라 편집해놓은 일종의 성인언행록이다. 톨스토이는 민중들이 즐겨 읽던 이런 성인전의 형식을 빌려 적잖은 작품들을 썼다.

로 읽으면서 나는 인생의 의미를 깨닫곤 했다.[72] 거기에는 대(大) 마카리의 생애전과 요아사프 왕자의 생애전(붓다 이야기)이 있고, 요안 즐라토우스트*의 글과 우물 속에 빠진 여행자에 관한 글이나 황금을 발견한 수도사, 세리 표트르에 관한 글들이 있었다. 또한 죽음이 삶을 소멸시킬 수 없다는 것을 분명히 보여준 모든 순교자들의 이야기, 문맹자들과 바보들 그리고 교회의 교리에 관해서는 아무것도 모르는 사람들이 구원을 받은 이야기가 들어 있었다.

그런데 신앙을 가진 학자들과 교류하거나 그들의 책을 읽으면 내 속에선 곧바로 나에 대한 어떤 의심과 불만, 논쟁욕구를 돋구는 적개심 같은 감정들이 일어났다. 그래서 나는 그들의 말에 관심을 가질수록 점점 더 진리에서 멀어지고, 깊은 수렁에 빠지는 느낌이 들었다.

※ 초기 그리스도교 교부였던 요한 크리소스토모스(349-407)의 러시아식 이름. 뛰어난 설교가로 유명한 그의 이름은 '황금의 입을 가진'이라는 뜻을 지닌다.

XV

 나는 글도 모르고 배운 것도 없는 농민들을 얼마나 부러워했던가. 나에게는 분명 무의미하게만 다가오는 신앙의 명제들이 그들에게는 전혀 허위가 아니었다. 그래서 그들은 그것들을 받아들일 수 있었고 진리를 믿을 수 있었다. 그 진리는 나도 믿고 있던 것이었다. 다만 불행하게도 내게는 진리가 허위와 아주 교묘하게 엮여 있다는 생각이 분명했고, 그래서 진리를 있는 그대로 받아들일 수 없었던 것이다.

 그렇게 나는 삼 년을 살았다. 그런 후에 신앙 입문자로서 아주 조금씩 진리에 다가가고, 오로지 감각에만 이끌려 좀 더 밝게 느껴지는 곳을 향해 가던 처음 얼마 동안 그런 충돌은 그다지 놀랍게 느껴지지는 않았다. 뭔가 이해할 수 없는 것이 있으면, 나는 나 자신에게 이렇게 말하곤 했다. "내 잘못이지, 내가 나빠서 그런 거야." 하지만 내가 그간 배운 진리들에 점점 더 익숙해지고, 그 진리들이 점점 더 크게 인생의 근간이 되어가자, 내 속에서 느끼던 충돌이 점점 더 심해지고 강렬해졌다. 또한 이해할 능력이 없어서 이해하지 못하는 것과 내 자신을 기만하지 않고서는 달리 이해할 길이 없는 것 사이의 경계선이 점점 더 확연해졌다.

이런 의심과 고뇌에도 불구하고 나는 계속 정교회를 떠나지 않았었다. 그러나 해결해야 할 삶의 문제들이 생겼을 때, 교회가 이 문제들을 해결하는 방식이 내가 의지해서 살아온 신앙의 기조와 완전히 상반되었다는 것이 드러나자 결정적으로 정교회와는 관계의 끈을 끊어버리게 되었다. 그 첫 번째 문제는 다른 교회들, 즉 가톨릭교회와 소위 분리파라 불리는 교회에 대한 정교회의 태도[73]였다. 그 당시 신앙에 대한 관심으로 인해 나는 가톨릭교도, 개신교도, 구전례주의자, 몰로칸교도[74]등 다양한 교파의 신앙인들과 교류하였다. 그리고 그들 가운데서 윤리적으로 훌륭한 사람들과 진정한 신앙의 소유자들을 많이 만났다. 나는 이 사람들과 형제가 되기를 소망했다. 그런데 이게 어찌된 일인가? 나에게 모든 사람들을 하나의 신앙과 사랑으로 결합하겠다고 약속한 그 가르침, 바로 그 가르침을 가장 훌륭하게 대표하는 사람들이 나에게 다른 교파의 사람들은 모두 허위에 빠져 있으며, 그들에게 생명의 힘을 주는 것은 악마의 유혹일 뿐이고, 오로지 우리만이 유일한 진리의 소유자라고 말했던 것이다. 그리고 자신의 신앙고백과 같은 신앙고백을 하지 않으면 모두 이단시하는 점은 정교인이나 가톨릭교도 그리고 다른 교도들도 피차 마찬가지임을 알게 되었다. 정교회에서 사용하는 외형적인 상징과 언어로써 신앙고백을 하지 않는 모든 사람에게, 비록 감추려고 노력을 하지만 당연하게 그래야 한다는 듯이 정교회가 적대적인 태도를 취한다는 것도 알게 되었다. 그들이 그랬던 이유는 첫째, 너는 허위 속에 살고 있고 나는 진리 속에 살고 있다고 단언하는 것은 한 사람이 다른 사람에게 할 수 있는 가장 잔인한 말이기 때문이고, 둘째, 자기 자녀와 형제를 사랑하는 사람이라면, 자기 자녀와 형제들을 거짓 신앙으로 인도하려는 사람에게 적대감을 가지고 대하지 않을 수 없기 때문이다. 그리고 이런 적대감은 신앙의 가르침을 많이 알수록 더 커진다. 그러므로 사랑의 일치 속에 진리가 있다고 생각하는 나로서는, 바로 그 신앙의 가르침 자체가 그것이 이루어야할 바를 오히려 파괴하고 있다는 사실을 간과할 수 없었던 것이다.

다양한 신앙을 신봉하는 나라에 살면서 가톨릭교도들이 정교도와 개신교도들을 대할 때, 정교도가 가톨릭교도와 개신교도를 대할 때, 개신교도가 다른 두 교도들을 대할 때 그들이 보이는 경멸적이고 오만하며 완고한 부정적인 태도와, 구전례주의자, 파쉬코프교도*, 쉐이커교도*와 모든 교파의 신도들이 보여준 똑같은 태도를 목격한 우리와 같은 계층의 교양인들에겐 이 걸림돌이 너무나도 확연하게 눈에 들어왔고, 이렇게 확연한 걸림돌은 처음에는 정말이지 당혹스런 것이 아닐 수 없었다. 그러면 우리는 이렇게 말하곤 한다. "이럴 리 없다. 이렇게 단순한 사실을 사람들이 모를 리가 없다. 양쪽이 자기 확신에 가득차서 서로를 부인한다면, 신앙이 요구하는 단일한 진리는 이쪽에도 없고, 저쪽에도 없다는 말이 아닌가. 여기엔 뭔가 있다. 무언가 납득할 만한 해명이 있을 것이다." 나 역시 분명 뭔가 있다고 생각했고, 그래서 납득할 만한 해명을 구하고자 이와 관련된 것들을 가능한 모두 찾아 읽었고, 가능한 모든 사람들에게 조언을 구했다. 하지만 나는 아무런 설명도 구할 수 없었고, 얻어낸 건 단지 숨스키 경기병연대는 세상에서 제일가는 연대가 자기 연대라고 생각하고, 또 황색복장의 창(槍)기병연대 사람들은 세상에서 제일가는 연대가 자기 연대라고 생각하는 것과 똑같다는 사실 이외에 아

✲영국의 개신교 선교사 래드스톡 경(G. W. Radstock, 1833-1913)의 추종자 파쉬코프의 신앙을 따르는 자들로, 1870-1880년대 페테르부르크의 귀족사회에 널리 퍼졌다. 러시아의 개신교 부흥에 크게 이바지했다.

✲북미 지역의 한 종파로 영국의 퀘이커 교에서 분파되어 미국에서 세력을 확장했다. 결혼과 맹세, 군복무 등을 하지 않고, 재산의 공동소유를 주장하는 그리스도교의 분파. 몸을 흔들며 춤을 추는 예식에서 이름이 유래했다.

무엇도 없었다. 모든 다양한 종파의 성직자들과 그들 가운데 최고 지도자들마저, 그들은 자신들이 진리 안에 거하고 다른 사람들은 미혹 속에 빠져 있다고 믿고 있으며, 그래서 자신들이 할 수 있는 일은 오로지 다른 사람들을 위한 기도 밖에 없다는 말만 해주었을 뿐이었다. 나는 수도원장과 총사제, 장로, 고행수도사들[75]을 찾아다니며 자문을 구했지만, 아무도 그 걸림돌에 관해 설명해주려고 나서는 사람이 없었다. 그들 가운데 단 한 사람만이 모든 것에 대해 설명해 주겠다며 나섰지만, 그 설명을 듣고 난 뒤로는 누구에게든 더 이상 물어볼 엄두조차 나지 않았다.

신앙에 관심을 갖는 모든 불신자들(우리의 젊은 세대는 모두 여기에 속한다.)에 관해 살펴볼 때 그들이 제기하는 첫 번째 질문은 "왜 진리가 루터교나 가톨릭에는 없고, 정교회에만 있는가?"라는 것이다. 농민들은 다르겠지만 중등 교육을 받은 그들이 개신교와 가톨릭교 역시 정교회와 마찬가지로 자기 신앙의 진리에 대한 유일성을 확신한다는 것을 모를 리 없다. 각 교파에서 자기들에게 유리하게 해석해 놓은 역사적 자료로는 불충분하다. 진정한 신앙인들에게는 종교의 차이가 사라지듯이, 고차원적인 높이에서 종교를 이해하여 종교의 차이가 사라지게 할 수는 없을까? 우리가 구전례주의자들과 함께 길을 가듯이 계속 그렇게 나아갈 수는 없을까? 구전례주의자들이, 우리는 성호 긋는 법과 알렐루야를 부르는 법이나 제단 주위를 순행하는 방식이 다르다며 소신을 갖고 부르짖을 때, 우리는 이렇게 말하지 않았는가. "당신들이 니케아 신경과 칠성사를 믿는다지요. 우리 역시 그것을 믿고 있소. 이것은 우리 함께 소중히 지켜 나가고, 나머지 것들은 당신네들이 원하는 대로 하시오." 우리는 신앙에 있어서 본질적인 것을 비본질적인 것 위에 놓기로 구전례주의자들과 합의했던 것이다.*76 그처럼 이제는 가톨릭교도들과 이렇게 말할 수 있지 않을까. "당신네들은 이런 저런 것들을 믿고 있는데, 그 사실이 가장 중요하오. 그밖에 필리오케 문제*와 교황에 관해서는 원하는 대로 하시오." 이와 같은 식으로 개신교도들과도 중요한 부분에 있어서는 합치한 후 그렇게 말할 수 있지 않을까? 나와 대화를 나누었던 사람들 또한 나의 생각에는 동의를 하면서도, 그렇게 양보만 하다가는 교회 당국이 선조들의 신앙에서 이

❋ 17세기 후반 니콘대주교에 의해 촉발된 러시아정교회의 분열은 18세기 말 교회의 일치를 위한 합의를 통해 형식상 종결되었다. 분리파교도라고도 불리는 구전례주의자들은 두 손가락 성호와 성찬예배에서 알렐루야 두 번 부르기 등 예전의 외형적인 측면을 고수하여 국가 교회에서 분열되어 나갔다.

❋ '필리오케'(filioque)의 문자적 의미는 '그리고 성자'이다. 8차 공의회 때 로마가톨릭교회에 의해 니케아 신경에 삽입된 문구로 후에 서방교회(로마가톨릭교회)와 동방교회(정교회)의 분열의 씨앗이 되었다.

탈한다는 비난을 받게 될 것이고, 이단이 속출할 것이다. 교회 당국의 임무는 선조들에게서 물려받은 그리스-러시아 정교회의 신앙을 온전한 형태로 지켜나가는 것이라고 말하였다.[77]

그리하여 나는 모든 것을 깨달았다. 나는 삶의 원동력으로서 신앙을 찾았지만, 그들은 사람들 앞에서 인간의 일정한 의무를 수행하기 위한 최상의 수단을 찾고 있었던 것이다. 그리고 인간이 해야 할 그 과업을 수행하면서, 그 또한 인간적인 방식으로 수행해 나갔다. 길 잃은 형제들에 대한 자신들의 동정심에 관해, 그리고 그 형제들을 위해 지존하신 하느님의 옥좌에 바쳐진 기도에 관해 그들은 얼마나 자주 말했던가. 그런데도 인간이 해야 할 과업을 수행하기 위해서는 강제력이 필요하다는 것이다. 그리고 그것은 언제나 그래왔고, 지금도 그렇고, 또 앞으로도 그럴 것이라는 말이다. 만일 두 개의 교파가 있는데, 각자 자기만 진리 속에 있고 상대방은 허위 속에 있다고 생각한다면, 그들은 형제들을 진리로 이끈다고 하면서 각자 자기 교리를 선전할 것이다. 그런데 만일 잘못된 교리가 이미 자기네 진리 속에 거하고 있는 교회의 미성숙한 자녀들에게 전해진다면, 교회는 그 책들을 불태우고, 자녀를 유혹하는 사람들을 격리시키지 않을 수 없을 것이다. 정교회의 관점에서 볼 때 잘못된 열정으로 활활 타오르는 사람들인 이단들이 인생에서 가장 중요한 신앙의 문제에 있어서 교회의 아들들을 유혹한다면, 그들을 어떻게 하겠는가? 그들의 목을 베거나 그들을 옥에 가두지 않고서야 달리 어떻게 할 것인가? 알렉세이 미하일로비치 황제 시대엔 그런 사람들을 화형에 처했다.[78] 그 시대의 최고의 형벌을 내린 것이다. 마찬가지로 우리 시대에도 최고의 형벌에 처하여 독방에 가둔다. 신앙의 이름으로 행해지는 이런 일들을 접하고 난 후 나는 공포에 사로잡힌 나머지, 정교회와 거의 연을 끊을 정도가 되었다. 삶의 문제를 대하는 교회의 두 번째 태도는 전쟁과 사형제에 대한 입장에서 잘 드러났다.

당시 러시아에 전쟁이 발발했다.* 그래서 러시아인들은 그리스도의 사랑이라는 미명 하에 자기 형제들을 죽이게 되었다.[79]

이것은 아무 생각 없이 지나갈 수 있는 문제가 아니었다. 살인은 모든 신앙의 근본에 역행하는 가장 첫째가는 악(惡)이라는 사실을 묵과할 수 없었다. 그런데 같은 시각, 교회에서는 우리 군대가 승리하게 해달라고 기도를 하고, 신앙의 스승들은 이런 살인행위를 신앙에 연유한 정당한 행위로 인정했다.

---

* 1877-1878년에 있었던 러시아와 터키 간의 전쟁을 말한다.

그리고 전쟁에서의 살인뿐만 아니라 전쟁 이후 이어진 혼돈의 시기에도, 교회의 구성원과 지도자들 그리고 수사와 고행수도자들이 미혹에 빠져 오갈 데 없는 청년들에 대한 살인을 인정하는 것을 나는 보았다. 그렇게 나는 그리스도교 신앙을 고백하는 사람들이 행하는 모든 일을 접하고 공포에 몸을 떨었다.

XVI

 나는 의심을 멈추었다. 그리고 내가 아는 신앙적 지식들이 모두 진리는 아니라는 것을 철저히 확신하게 되었다. 예전 같았으면 교리는 모두 거짓이라고 말했을 테지만, 이제 그렇게 단언할 수는 없다. 민중들 모두가 진리에 관한 지식을 갖고 있으니 말이다. 이것은 의심할 여지가 없다. 그렇지 않다면 민중은 삶을 유지하지 못했을 것이다. 게다가 나도 이미 진리에 관한 그 지식을 갖게 되었고, 그 지식에 의지해 살면서 그 모든 것이 진실이라고 느끼고 있었던 것이다. 하지만 이 진리의 지식에도 거짓은 있었다. 그걸 의심할 수는 없다. 예전에 나에게서 반발심을 불러일으켰던 모든 것들이 이제 눈앞에 여실히 드러났다. 물론 일반 민중들이 교회의 지도자들에 비해 반발심을 불러일으키는 거짓의 정도가 훨씬 적었지만, 그럼에도 불구하고, 민중의 신앙 속에도 거짓이 진리와 섞여 있다는 것을 나는 알게 되었다.

그렇다면 거짓은 어디에서 왔고 진리는 어디에서 온 것일까? 거짓도 진리도 소위 교회라고 통칭하는 것에 의해 전해져 내려왔다. 거짓과 진리는 또한 전승 속에, 이른바 신성한 전승과 성서라 불리는 것 속에 담겨 있었다.

그래서 나는 자의반 타의반 그때까지 두려워 엄두를 못 냈던 성서와 전승에 관해 집중적으로 연구하기 시작했다.

나는 과거 한때 불필요한 것으로 경멸하며 거부했던 신학 자체에 대한 연구도 시작했다. 당시 나에게 신학은 쓸데없고 무의미한 헛소리의 나열처럼 여겨졌고, 내 주변을 둘러싸고 있는 삶의 갖가지 현상이야말로 분명하고 의미로 가득 찬 것처럼 보였다. 하지만 이젠 나의 건강한 머릿속에 잘 들어오지 않는 것들을 모두 던져버리면 좋으련만 이도 저도 못하게 된 상황이었다. 교리에 의지해서 살아가거나, 그것과 불가분의 관계를 맺고 살아가는 것이 나에게 계시된 삶의 의미에 대한 유일한 지식이었다. 내 늙고 굳어진 머리로는 아무리 거칠게 느껴질지라도, 그것이 유일한 구원의 희망이었다. 과학적 학설을 이해하는 것과는 다르겠지만 이것을 이해하려면 신중하고 주의 깊은 관찰이 필요하다. 신앙의 특수성을 알고 있기에 나는 과학적 이해 따위는 구하지도 않고 또 구할 수도 없다. 나는 모든 것에 대한 설명을 구하지는 않을 것이다. 모든 것에 대한 설명은 모든 것의 시원(始原)처럼, 무한 속에 감춰져 있을 수밖에 없음을 나는 알고 있다. 하지만 나는 불가피하게 설명 불가능한 것에 이르도록 되어있음을 깨닫고 싶다. 설명 불가능한 모든 것들이 내 이성의 요구가 잘못되었기 때문이 아니라(이성의 요구는 정당하다. 그것이 없다면 나는 아무것도 이해할 수 없을 것이다.), 이성의 한계에서 온다는 점을 깨닫고 싶을 뿐이다. 나는 설명되지 않는 모든 신조들을 이성으로서는 어쩔 수 없는 것으로 이해하고 싶을 뿐이지, 의무적으로 믿어야 하는 것으로 이해하고 싶지는 않은 것이다.

  교회의 가르침 속에 진실이 있다는 것은 의심의 여지가 없다. 하지만 그 속에 거짓이 있다는 것도 의심의 여지가 없다. 나는 진실과 거짓을 찾아서 양자를 구별하지 않을 수 없다. 그리하여 이렇게 그 일에 착수한 것이다. 내가 교회의 가르침 속에서 발견한 거짓된 것과 참된 것, 그리고 내가 도달한 결론은 본서의 다음 부분에 나올 것이다. 만약 그것이 그럴만한 가치가 있고 누군가 필요로 한다면 아마도 언제든, 어디서든 출판될 것이다.

* * *

 이것은 내가 3년 전쯤 쓴 글이다. 이제 곧 출판될 그 글들을 훑어보면서 그리고 그때 당시 내가 겪은 사유의 흐름과 내 속에 내재했던 감정들을 돌이켜 보다가 얼마 전 어떤 꿈을 꾸게 되었다. 그 꿈은 내가 경험하고 서술한 모든 것을 압축된 형태로 보여주는 꿈이었다.[80] 나는 나의 꿈 이야기가 나를 이해하는 사람들에게 지금까지 내가 이 지면을 통해 장황하게 늘어놓은 모든 것을 명쾌하게 설명하고 정리하리라고 생각한다. 그 꿈은 이렇다. 침대에 누어있는 내 모습이 보인다. 기분이 그다지 좋지도, 특별히 나쁘지도 않은 상태로 등을 대고 누워 있다. 문득 나는 내가 제대로 누운 건가 하는 생각이 들면서, 다리 쪽이 뭔가 불편하다고 느낀다. 침대가 짧은 탓인지 아니면 바닥이 평평하지 않은 탓인지 정확하진 않지만 어딘가 불편하다. 나는 다리를 살짝 움직여 본다. 그와 동시에 내가 어떤 모습으로 그리고 어디에 누워 있는 건지, 그때까지 한 번도 하지 않았던 생각을 하기 시작한다. 그래서 침대를 살펴보고 내가 그물처럼 얼기설기 침대 양쪽 틀에 매어놓은 노끈들 위에 누워 있다는 것을 알게 된다. 그런데 내 두 발은 한쪽 끈들에 놓여 있는데 종아리 부위는 다른 쪽 끈들에 걸쳐 있다. 그래서 다리가 불편했던 것이다. 이유는 모르겠지만 나는 이 끈들을 움직일 수 있다고 생각한다. 그래서 양발을 움직여서 맨 가장자리 끈을 발 아래로 밀었다. 그러면 좀 편해질 것 같았기 때문이다. 하지만 끈을 너무 멀리 밀어버린 나는 다시 끈을 발로 잡아당기려 해 본다. 하지만 그렇게 움직이다 종아리를 받히고 있던 다른 끈이 미끄러져 떨어지는 바람에 다리가 허공에 매달린 상태가 되어버렸다. 그런데도 나는 금방 자세를 바로 세울 수 있다고 확신하며 몸을 바로잡으려고 온몸을 움직여본다. 하지만 그 바람에 내 아래 있던 다른 끈들이 미끄러져 또 다른 곳으로 밀려갔고, 결국엔 일이 완전히 꼬여버렸다. 하반신 전체가 늘어지고 발이 땅에 닿지 않은 채 허공에 대롱대롱 매달린 상태가 되어버린 것이다. 마침내 위쪽 등으로만 버티는 상황이 되자, 나는 불편함을 넘어 왠지 모를 공포에 사로잡힌다. 그 상황에 이르자 지금껏 전혀 없었던 의문이 생긴다. 여긴 어디지? 그리고 지금 내가 어디에 누워있는 거지? 나는 주위를 살펴보기 시작했고, 제일 먼저 아래쪽으로 시선을 돌린다. 내 몸이 그물에 매달려 늘어져 있고, 이제 곧 거기로 떨어질 것 같다. 아래를 바라본 나는 내 눈을 믿을 수가 없다. 내가 매달려 있는 곳은 드높은 첨탑이나 산꼭대기 정도가 아니라 도무지 상상하려고 해도 상상 할 수 없는 그런 엄청난 높이였던 것이다.

 심지어 나는 허공에 매달린 나를 잡아당기는 저 아래 끝없이 펼쳐진 심연에 무엇이 보이는지를 분간할 수가 없었다. 심장이 조여 오면서 공포가 엄습한다. 아래쪽을 내려다보기가 두렵다. 내려다보면 금방이라도 마지막 끈에서 미끄러져, 그대로 떨어져 죽어버릴 것만 같다. 나는 보지 않으려했다. 하지만 보지 않는 것이 더 두려웠다. 이제 곧 마지막 끈이 끊어지면 나에게 무슨 일이 벌어질지 자꾸 생각났기 때문이었다. 그러자 너무나도 무서워진 나머지 마지막 버틸 힘을 잃었고, 등이 서서히 아래로 아래로 미끄러져 내려가는 느낌이 들었다. 이제 눈 깜짝할 사이에 나는 저 밑으로 떨어져 버릴 것이다. 그때 이런 생각이 들었다. 이게 현실일 수는 없다. 이건 꿈이다. 눈을 떠라. 나는 눈을 뜨려고 해보았으나 그럴 수가 없었다. '어찌할 것인가? 어찌할 것인가?' 나는 이렇게 속으로 물으며 위를 쳐다본다. 위쪽 역시 심연이었다. 나는 하늘의 심연을 바라보면서 아래쪽 심연을 잊으려 노력한다. 그러자 정말로 아래쪽 심연이 잊혀진다. 아래쪽의 무한함은 나를 부대끼게 하고 두렵게 만든 반면, 위쪽의 무한함은 나를 끌어당기고 든든하게 해주었다. 나는 여전히 깊은 구렁 위에서 아직 나에게서 벗겨져 나가지 않은 마지막 끈들에 매달려 있었고 또한 내가 매달려 있다는 사실도 알고 있다. 하지만 나는 오로지 위쪽만을 바라본다. 그러자 두려움이 사라져 버렸다. 그때 꿈속에서 흔히 그러하듯, 웬 목소리가 들린다. "잘 보아라. 이것이 그것이다!" 나는 무한한 하늘을 더욱 더 멀리 올려다본다. 그러자 마음이 편안해지는 느낌이 들며 그동안 있었던 일들이 생각이 났고 그 모든 것이 어떻게 일어났는지도 떠오른다. 내가 다리를 움직이다가 허공에 매달린 상태가 되어 공포에 사로 잡혔다가 위를 바라본 덕분에 공포에서 벗어나게 된 모든 과정이 떠오른 것이다. 그런 후에 나는 다시 묻는다. '그러면 지금은? 아직도 매달린 상태인가?' 나는 내 주변을 둘러보고 발견했다기보다는 나를 지탱해 주는 그 받침대를 내 온몸으로 느낀다. 이제 내가 더 이상 매달려 있거나 떨어질 위험에 처하지 않고 견고하게 버티고 있다는 것을 알게 된 것이다. 나는 내가 어떻게 이렇게 견고하게 버티고 있는지 물으며 몸을 더듬으며 주위를 둘러본다. 내 아래, 내 몸통 아래쪽 한가운데를 지나는 끈 하나가 눈에 띈다. 그리고 나는 그 끈 위에서 아주 안정되게 균형을 잡고 누워 위를 올려다보고 있고, 이 한 개의 끈이 이제까지 나를 받쳐주고 있었음을 알게 된다. 그런데 꿈에서 흔히 그렇듯 나를 받치고 있는 그 구조물이 깨어있을 땐 아무 의미도 없지만, 그때 거기에서는 아주 자연스럽고 의심의 여지없이 당연한 것으로 여겨졌다. 꿈에서는 심지어 이전에 왜 내가 그걸 깨닫지 못했는지 놀랄 정도였다. 그건 이를테면 이런 것과 같았다. 내 머릿속에 가느다란 기둥 하나가 서 있다. 그 기둥을 받치고 있는 것은 아무것도 없는데도 기둥의 견고함을 결코 의심하지 못한다. 그런 다음 이 기둥에서 올가미가 아주 교묘하고도 단순하게 나와 있는데, 이 올가미 안에 몸 가운데를 잘 눕히고 위를 쳐다보고 있으면, 떨어진다는 건 생각할 수도 없는 일이다. 나는 이 모든 것이 뚜렷이 다 가왔다. 그래서 나는 기뻤고 마음이 놓였다. 그러자 누군가 나에게 말하는 듯했다. "잘 보아라, 그리고 기억하라!" 그리고 나는 꿈에서 깨어났다.

해설 및 주석

해설 – 갈리나 갈랴간

주석 – 갈리나 갈랴간, 니콜라이 구셉

번역 – 엄새봄

갈리나 야꼬블레브나 갈라간(1935-2014) – 문학가, 철학 박사.
니콜라이 니콜라예비치 구셉(1882-1967) – 문학 역사가, 레프 톨스토이 개인 비서 및 전기작가. 회고록 작가.

해설

톨스토이의 『참회록』은 1879년 말에 쓰여졌으며, 1881년 7월 초에 수정, 1882년 경에 완성됐다.

『참회록』은 「러시아 사색」지(1882년, 제5호)에 '발표되지 못한 작품 소개' 부분에 「믿음이 연약한 자를 너희가 받되, 그의 의견을 비판하지 말라」(로마서 14장 1절 사도바울의 말)라는 제목으로 세르게이 알렉산드로비치 유리예프 편집장의 서문과 함께 처음 공개됐다. 그러나 잡지에 인쇄된 것은 톨스토이의 글이 아니었다. 교회 출판 검열로 『참회록』 출판이 금지되어 글 일부가 잡지에서 지워진 채 출판에 들어갔기 때문이다. 결국 러시아 독자들은 교정된 『참회록』을 만날 수 밖에 없었다.

그러나 1884년 제네바에서 『참회록(발표되지 못한 작품 소개)』이라는 제목으로 글이 따로 발표됐고, 1885년 5월부터는 톨스토이도 이 제목을 사용했다. 러시아에서는 1906년에 최초로 온전한 『참회록』이 발표됐다(『브세미르느이 베스트닉, 제1호』).

처음부터 제목이 『참회록』이었던 것은 아니다. 톨스토이가 1879년 10월에 쓰기 시작한 종교철학적 세계관을 담은 이 방대한 작품 중 일부에 '발표되지 못한 작품 소개'라는 제목이 붙었었다. 여기에 쓰인 '소개'라는 단어가 전하는 느낌대로라면 독자에게 그의 작품 중 『교리신학연구』와 『요약복음서』를 소개했어야 한다.

그런데 톨스토이의 『참회록』은 낡아빠진 교회법에 갇혀 있는 작품이 아니었다. 성 어거스틴의 『고백록』이 그랬던 것처럼 말이다. 톨스토이의 『참회록』은 성 어거스틴의 『고백록』만큼이나 작가의 성격이 잘 드러나는 작품이다.

비록 모두가 언젠가는 죽겠지만, 그렇다고 삶이 무의미한 것은 아니다. 톨스토이는 『참회록』을 쓰기 훨씬 전부터 이것을 가장 중요한 문제로 여겼다. 그 답을 찾는 과정에서 그는 인간 화합(그가 남긴 핵심)과 도덕의 중요성을 인식하고 그것에 초점을 두었다. 그중 그가 가장 고민했던 문제는 도덕적 이상향과 실질적인 인간 윤리 사이의 괴리였다.

이 문제에 대한 연구는 먼 과거로까지 거슬러 올라가 이루어졌다. 다양한 시대와 사람들이 내놓은 철학적이거나 예술적인 답들은 선에 대한 기존의 인식에 기반한 것이었다. 사람들이 선에 대해 어떻게 생각하고 있느냐에 따라 공동의 선뿐만 아니라, 그 의미가 달라지는 것이었기 때문이다.

선에 대한 인식은 계속 변해왔다. 고대 그리스 윤리적 관점에서는 지혜, 용기, 정의, 중용을 가장 중요한 4대 선으로 꼽았다면, 기독교 윤리에서는 선을 향한 핵심인 믿음, 소망, 사랑을 강조했다. 그러나 고대에도, 기독교에서도 선이라는 개념은 항상 개인의 긍정적인 도덕적 성품에 대한 것이었다. 겉으로는 악을 배척하지만 사실 악으로 가득했던, 선에 대한 왜곡된 인식문제 또한 변함없이 존재해왔다. 아마 톨스토이는 과거부터 오랫동안 모두가 이 문제에 관심을 보여왔다는 것을 잘 알고 있었던 것으로 보인다(소크라테스, 몽테뉴, 루소, 고골 등).

톨스토이는 선에 대한 왜곡된 인식은 자칭 교육받은 계급이라는 사람들에게서 보이는 것이며, 진정한 선은 농민을 비롯한 러시아 노동계급에서 볼 수 있다고 설명했다.

톨스토이 초기 문학에서 형성된 이 사회도덕적 이론은 후에 그의 영적 자아와 인본주의, 도덕을 핵심으로 한, 전인류적 차원으로서의 '진정한' 그리스도인에 대한 인식을 형성해주었다.

톨스토이는 현재의 모습과 앞으로 되어야 할 모습 사이의 간극을 개인의 내적 노력을 통해 없애고자 했으며(초기작품에서부터), 도덕적 완성이 악을 벗어나 선으로 나아가는 데 있어 가장 중요한 시작이라 주장했다. 1891년 톨스토이는 이 문제를 다시 한번 다루면서, "자유는 끝날 것에 있는 것이 아니다. 자유는 영원한 것에 있다. 인간 안에 영원한 것이 있으면, 그것은 자유로운 사람이오, 없으면 그것은 사물에 불과하다. 영혼이 움직이는 과정에서 발전이라는 것은 끊임없는 작은 움직임이며, 그것이 바로 자유다. 그것은 사라지는 것이 아니므로, 그 뒤에 남는 모든 것에 있어 영원히 위대한 것이다."라고 했다.

선에 대한 왜곡된 인식은 극복 가능한 것이라는 톨스토이의 믿음은 진정한 것에 대한 '개인의 노력'이라는 개념에서 비롯됐다. 그런데 그는 이 과정을 개인의 삶에 대한 인식과 태도 변화로 봤다.

『참회록』에서는 삶에 대해 새로운 깨달음을 얻을 때마다 그것이 신앙으로 이어진다고 말한다. 그는 신앙이란 삶의 원동력이며, 삶의 의미를 아는 것이라 정의했다. 신앙에 도달하기 전까지 여러 영적 단계가 존재한다. 가장 첫 단계는 모든 존재에는 이유가 있음을 인정하는 단계로, 유혹에 넘어지고(선의 모습을 한), 공동의 선에 대한 왜곡된 인식에서 비롯된 소망을 갖고, 세상의 생각대로 합리화를 하는 단계다. 1860년대부터 톨스토이는 세상적인 생각을 두고 '만연한', '소위', '왜곡된', '거짓 그리스도적인' 등으로 일컬었다. 『참회록』에서는 믿음의 초기단계를 쾌락과 무지를 벗어나는 것이라 말한다. 한편 『인생론』에서는 '깨지 않은 의식'의 시기라고 쓰여졌다.

톨스토이가 말하는 그 다음 단계는 이성이 아닌 마음의 고난과 영적 고통, 내적 갈등에서 시작된다. 바로 여기에서 유혹의 권세가 급격하게 약화된다. 이 단계에서는 삶의 '멈춤'과 '소생', '죽음'의 반복, 이중성을 동반한 영적 성장이 이루어진다. 『참회록』에서는 삶을 부정하기 시작하면서 '멈춤'을 겪게 되는데, 그 이유는 모든 존재하는 것은 의미가 없음을 인정하고, 유혹의 허무함을 깨달으며, 삶은 거짓이자 악이고 허무한 것이라는 걸 알게 되기 때문이라고 설명한다. 바로 이 단계에서 이미 거부한 세계관(또는 '그와 비슷한 것')에 대해 고민하고, 그것을 '달콤함'의 유혹으로 생각한다. 『참회록』에서는 하나의 세계관이 바뀌는(고민의 과정이 부정적으로 끝난 경우) 이 단계는 힘과 능력의 발현과 관계가 있다고 설명한다.

한 세계관이 새로운 것으로 전환될 때, 그리고 그 두 세계관 안에서 성장해 가는 것이 얼마나 어려운지 알게 됨으로써 톨스토이는(작가이자 사회평론가로서) 60-70년대에 신앙에 도달하기 전 인간이 지나는 영적 성장의 단계에 집중하게 됐다.

참회록은 톨스토이 작품 세계에서 전혀 예상 밖의 장르는 아니었다. 그는 자아성찰과 회개가 절대적으로 필요함을 느꼈다. 자아성찰과 회개의 내용 모두 그가 60년 가까이 써온 일기장과(공백이 조금씩 있는), 편지, 1860~1870년에 쓰여진 완성되지 못한 철학 초고들을 비롯한 그의 모든 문학 작품에도 잘 드러나있다.

톨스토이의 『참회록』은 장자크 루소와 성어거스틴의 『고백록』과 나란히 하는 종교 철학서다.

주석

1

　종교 철학서 『교리신학연구』(1879~1880, 1884)와 『요약복음서』(1880~1881)에 대한 이야기다. 『참회록』에 붙여진 '결론'(1882)의 첫 번째 원고에서 톨스토이는 다음과 같이 썼다. "이것은 내가 3년 전쯤 쓴 글이다. 이후 나는 내가 이해하는 기독교 교리신학연구와 기독교 교육에 대해 썼다. 출판되지 못한 이 글들은, 누군가에게 필요하게 될 때, 언젠가 가능해지면 출판될 것이다." 『교리신학연구』는 본래 미하일 콘스탄티노비치 앨피딘에 의해 '교리신학비판'이라는 제목으로, 1권은 1891년에, 2권은 1896년에 제네바에서 발표됐다. 러시아에서는 1908년에야 발표됐다. 『요약복음서』도 마찬가지로 1권은 1892년, 2권은 1893년, 3권은 1894년에(오타가 많았다) 앨피딘에 의해 제네바에서 최초로 출판됐다. 러시아에서는 1906년에 되어서야 『브세미르느이 베스트닉』지에 첨부돼 발표됐다.

2

  1844년에 톨스토이는 카잔대학교 동양학부에 입학했다. 1년 후 그는 법학부로 편입해 2년 간 수학하다 1847년에 학업을 중단했다.

3

  드미트리 알렉세예비치 밀류틴 군사부 장관의 형제 블라디미르 알렉세예비치 밀류틴을 말하는 것이다. 그는 페테르부르크 국립대 국가법 교수였다가, 이후 형법 교수를 지냈다. 톨스토이와 밀류틴 형제들은 톨스토이 가족이 모스크바에서 지내던 중 1837~1841년에 생톰이라는 선생님으로부터 함께 프랑스어와 라틴어를 배우며 친해졌다. 블라디미르 밀류틴은 대학생이었을 때 연구를 시작해 곧바로 재능 있는 문학가이자 학자로 이름을 알렸다. 밀류틴의 주요 연구에는 『조국에 대한 수기』(1847. 1~4)에 발표된 『영국, 프랑스 프롤레타리아와 빈곤화』, 『동시대인』(1847. 7~8)에 발표된 『맬서스와 반대파』, 『동시대인』(1847. 10~12)과 『조국에 대한 수기』(1847. 11~12)에 발표된 알렉산드르 이바노비치 부톱스키의 『인민경제 혹은 정치경제 초기 사례』에 대한 연구 등이 있다. 블라디미르 밀류틴은 (개인적 이유로) 29세의 나이로 생을 마감했다.

4

톨스토이가 서술한 사건은 실제 1839년에 일어났다.

5

톨스토이에게는 니콜라이(1823-1860), 세르게이(1826-1904), 드미트리(1827-1856)라는 형제 세 명 있었다.

6

노아는 유대교와 기독교에 전해지는 노아 홍수 사건 때 구원받은 인물로, 방주를 만들어 세상의 동물과 식물을 구했으며, 대홍수 이후 인류의 시초로 전해지고 있다.(창세기 5:29, 6:9-19)

7

1829-1845년에 카잔 교육지구 후원인 이었으며, 1845년부터는 페테르부르크 교육 지구 후원인, 1849년부터는 시의원을 지낸 미하일 니콜라예비치 무신-푸쉬킨을 말한다.

8

다윗은 이스라엘의 왕으로(기원전 10세기) 구약성서(사무엘상 16장, 열왕기하 2, 11장, 역대상 10-29장)에서 서사적 인물이자,

전쟁왕으로 묘사된다. 구약성서에 따르면 다윗은 어렸을 때 목동이었고, 훌륭한 시인이자 음악가였다. 그가 하프 연주로 사울 왕을 위로했다는 이야기도 있다. 언약궤는 증거궤를 말하는 것으로 하나님이 주신 십계명이 새겨진 돌판이 있었는데, 십계명은 하나님의 뜻을 나타내며 그와 이스라엘 민족 사이의 언약이었다. 다윗은 왕이 되어 예루살렘을 얻고 나서 그곳으로 자신의 처소와 언약궤를 옮겨 놨다. 그때 다윗이 예루살렘으로 언약궤를 옮기던 중 그 앞에서 춤을 췄다고 사무엘하 6장 16, 21절에 나와있다.

9

카테키즘(그리스어 "구두로 가르치다"에서 유래) – 초심자를 위해 주로 문답형으로 이루어진 기독교 신앙 교육을 담은 책이다.

10

볼테르(본명은 프랑수아 마리 아뤼에, 1694-1778)는 프랑스 작가이자 철학자, 역사가다. 교회에 대해 반박하는 글을 많이 썼다(『에디프』, 『예언자 마호메트 또는 광신』, 『자이르』, 『르 앙리아드』, 『루이 14세의 시대』, 『풍속에 관한 시론』 등). 톨스토이는 자신의 작품에 볼테르『에디프』에 나오는 교회에 대한 비판 중 "종교란 무엇이며 그 본질은 무엇인가?"(1901-1902)라는 대목을 인용했다. 교회와 신앙에 대한 18세기의 이러한 '공격'에 대해 톨스토이는 유명한 프랑스 역사학자 알렉시 드 토크빌과 같은 의견을 보였다. 톨스토이가 1856년에 읽은『구체제와 프랑스 혁명』이라는 작품에서 토크빌은 "18세기의 철학은 … 무신론으로 점철돼 있다. 그러나 그 안에 두 가지 서로 다른 부분을 세밀하게 구별해 낼 필요가 있다 … 18세기 철학은 교회에 대한 일종의 분노에서 시작됐다. … 기독교는 교리주의와 정치로 이 분노를 더 타오르게 만들었다."고 했다.

11
성찬식은 기독교에서 가장 중요한 의식이다. 정교회에서는 고해성사 후 모든 신도들이 성찬식에 참여 가능하다.

12
톨스토이의 형제 세르게이 니콜라예비치를 말한다. 이후 언급되는 '형'이 니콜라이 니콜라예비치 톨스토이다. 그의 형이 했던 말은 정확하게 "너 아직도 정시 기도 하니?"였다.

13

톨스토이가 젊은 시절 스스로 도덕적 성숙의 단계에 이르는 것을 얼마나 중요하게 생각했는지는 1847년에 시작한 그의 일기(1850년부터 죽기 전까지 체계적으로 썼다)와 철학서, 「오늘의 생활(журнал ежедневных занятий)지」와 의지(육체적, 정신적) 강화, 활동(이성 및 감성) 발전, '정리' 능력 향상 등에 대한 그가 만든 수많은 '규칙'에 잘 나타나있다. 젊은 시절의 톨스토이는 인류의 전방위적 발전을 가능케 하는 인간의 전방위적 발전에 대해 가장 열심히 고민했다.

14

톨스토이의 먼 친척 타티야나 알렉산드로브나 요르골스카야(1792-1874)다. 톨스토이의 어머니가 죽고 나서 그와 형제 자매들을 길러준 인물이다. 톨스토이는 숙모에게서 강하고 좋은 영향을 받았다고 고백했다. 그는 『회고록』에서 그중 한 장(6장)을 숙모에게 바치며, "숙모는 사랑이라는 정신적 유산을 남겨 주셨다."고 말했다.

15

톨스토이는 1851-1853년 카프카스 전쟁에 참여했고, 1854년에는 두나이 군에 복무했으며, 1854-1855년에는 포위된 세바스토폴을 위해 싸웠다.

16

톨스토이 관련 두 번의 결투가 잘 알려져 있다. 첫 번째는 1856년 3월 19일 당시 문학잡지 『동시대인』의 동료였던 미하일 니콜라예비치 론기노프, 두 번째는 중앙출판국장 M. N. 와의 결투였다. 론기노프는 네크라소프에게 편지를 보내 톨스토이 자유사상에 의구심이 든다고 했다. 네크라소프는 편지 내용은 모른 채, 그것을 톨스토이에게 보여주었고, 론기노프의 편지에 모욕당한 톨스토이는 그에게 결투 신청을 했다. 결국 네크라소프 때문에 벌어진 일이다. 두번째 결투는 이반 세르게예비치 투르게네프로 아파나시 아파나시예비치 페트를 두고 말다툼 끝에 벌어진 일이다(1861년 5월 27일). 투르게네프 딸 양육 문제와 관련해 톨스토이가 한 소리 한 것에 투르게네프가 과도하게 반응했었다. 결투는 성사되지 않았다.

17

이 대목은 톨스토이가 아주 사소한 도덕적 일탈에 대해서도 얼마나 자기비판을 했는지 볼 수 있다. 그의 초기 일기장을 보면 자기완성으로 나아가던 시기, 자신의 도덕적 취약점에 대해 이와 유사한 태도가 보인다. 당시 일기장에서는 도덕적 이상향과 자신의 모습 사이의 괴리를 보며 성장 수준을 파악하고 있다. 자신의 실수를 받아들이는 방식은 그가 알고 있는 영적 성장과 관련한 세계적 이론을 바탕으로 한 것이었다(장자크 루소, 장 드 라브뤼예르, 벤자민 프랭클린, 하인리히 초케 등).

18

이것은 문화가 인간 도덕에 아무런 영향도 주지 못했음을 나름의 방식으로 비난한 것으로, 『예술이란 무엇인가?』(1898)라는 논고에서 언급된 바 있다. 소설 『유년시절』이 완성되기 전에 그는 예술의 역할에 대해 고심하면서 한 철학서(1851)에서 "사람은 무엇을 위해 글을 쓰는가? 누군가는 돈을, 누군가는 명예를, 또 누군가는 둘 다 얻기 위함일 것이다. 일부는 사람에게 선을 가르치기 위해서는 … 행복을 위한 유일한 길은 선이다. 선을 가르쳐주는 제대로 된 책을 찾아 읽기만 하면 된다."고 썼다. 톨스토이의 작품 중 첫 출판작은 『동시대인 9호』(1852)에 실린 『유년시절』이었다.

19

톨스토이는 크림 전쟁이 끝나고 1855년 11월 19일에 17살의 나이로 페테르부르크에 왔다.

20

『동시대인』지의 혁명적 민주주의파(네크라소프, 체르니솁스키)와 소위 '골치 3인방'이라 불리던 바실리 페트로비치 보트킨, 알렉산드르 바실리예비치 이루지닌, 파벨 바실리예비치 안넨코프를 비롯한 '순수 예술' 옹호론자들 간의 이견을 말하는 것이다.

21

이 철학적 상태(헤겔에서 출발. 『법철학』에 대한 서문, 1821)에 대한 이해는 에세이 『하나님의 나라는 너희 안에 있느니라』(царство божие внутри вас)와 논문 『종교와 도덕』(1893)에서 톨스토이가 삶을 이해한 방식을 바탕으로 논리적으로 가장 잘 설명돼 있다. 톨스토이는 이 상태를 인정하고 그것에 의지할 수 있게 해주는 것은 삶을 이해하는 가장 하위개념인 개인적(또는 동물적) 이해와 사회적(또는 언어적) 이해라고 생각했다. 전자는 개인적 만족을 위한 노력이며, 후자는 선별된 사람들의 만족을 위한 것이다. 한편, 초월적(또는 신, 전세계적) 이해는 모든 존재가 무능력하고 부족하다는 주장과, 동시에 그 무능력함에서부터 유의미적 존재로의 노력이 필수적이라는 주장에서 출발한다고 보고 있다. 이러한 이해의 목표는 각 사람이 마음 속의 도덕적 규칙을 지켜나가는 것이다. 이 때, 삶의 '원동력'은 조건 없는 사랑이다.

22

톨스토이가 소피야 안드레예브나 베르스와 결혼한 1862년 9월 23일까지를 말한다.

23

톨스토이가 처음으로 외국에 나간 것은 1857년이었다. 그는 1월 29일에 모스크바를 출발해 7월 30일에 페테르부르크로 돌아왔다. 여행 중 그는 프랑스, 스위스, 독일을 방문했다.

24

『루체른』이라는 단편소설 속에는 당시 그의 내면에 얼마나 이런 반기가 일어났는지 가장 잘 나타난다.

25

1857년 3월 25일(4월 6일)에 톨스토이는 파리에서 단두대 처형식에 참석했다. 그날 저녁 그는 일기장에 다음과 같이 썼다. "한 병자는 아침 7시에 일어나 처형식을 보러갔다. 사형수는 통통하고 피부가 하얀 사람이었으며, 목과 가슴이 건장해 보였다. 그는 복음서에 입을 맞춘 후 처형당했다. 이 얼마나 아이러니한 광경인가! 강력하고 의미있는 감정이 느껴졌다. 나는 정치적인 사람이 아니다. 도덕적인 사람이며, 예술을 하는 사람이다. 나는 지식이 있고, 사랑할 줄 알고 … 처형식 이후 잠을 잘 수가 없다. 지난 날을 돌아보게 됐다." 톨스토이는 사형을 목격한 그날 바실리 페트로비치 보트킨에게 편지로 그 소감을 전했다. 그 내용은 후에 그의 인생론을 담은 「어떻게 살 것인가(1882-1886)」라는 에세이에 다음과 같은 내용으로 담겨졌다. "30년 전쯤 파리에서 수천 명이 보는 앞에서 한 사형수가 참수되는 것을 본 적이 있다. 나는 인간이 얼마나 나약한 존재인지 알고 있었다. 사람들이 수세기 동안 이런 행위를 어떤 식으로 합리화했는지 알고 있었다. 그러나 머리가 몸에서 잘려 상자에 떨어지는 것을 본 순간, 나는 탄식과 함께 머리와 마음이 아닌 나라는 존재 그 자체로 그 죽음을 오롯이 느꼈다. 그간 내가 들어온 사형에 대한 모든 이유는 그저 악하고 터무니 없는 것이었으며, 사형집행에 몇 명이 모였든, 그들이 스스로를 뭐라고 부르든, 살인이라는 것은 이 세상에 존재하는 것들 중 최악의 죄라는 것을 느꼈다."

26

니콜라이 니콜라예비치 톨스토이는 1860년 9월 20일에 프랑스 예르에서 결핵으로 죽음을 맞았다. 톨스토이는 『회고록』에 그의 죽음에 대해 다음과 같은 말을 썼다. "그는 어려서도, 어른이 되어서도 멋진 사람이었다. 투르게네프는 니콜라이에 대해 부족한 점이 많았으나 작가로서는 부족한 점을 찾아볼 수 없다고 제대로 표현해주었다. 그렇다. 니콜라이는 정말 작가로서 치명적 단점이 하나도 없었다. 그는 허세가 없었고, 다른 사람이 자신에 대해 무슨 말을 하는지 전혀 관심이 없었다. 그가 작가로서 가졌던 최고의 자질은 섬세한 예술적 감각과, 정도에 대한 감각이 있었고, 친절했으며, 밝은 유머와 비범하며 끝없는 상상력, 정직하고 도덕적인 세계관을 가지고 있었다는 것이다. 게다가 이 모든 것을 가지고도 우쭐하지 않았다." 형의 죽음에 충격을 받은 톨스토이는 1860년 10월 13일 일기에 다음과 같이 썼다. "곧 니콜라이가 죽은 지 한 달이다. 일상생활을 불가능하게 만든 일이었다... 니콜라이의 죽음은 내 인생을 가장 크게 흔든 사건이다."

27

톨스토이는 1857-1861년에 교육활동에 전념했다. 그는 1849년에 이미 농민 학교 설립을 위한 활동을 시작했다. 그는 농민문제를 해결하는 것이 인간 개인의 발전에 필요한 요소라고 생각했다. 그는 농민 아이들에게 전인류적 문화를 가르치면서, 아이들이 자신들끼리, 그리고 선생님과 인간적 관계를 쌓을 수 있도록 힘썼다. 그는 이러한 관계를 통해 사회 각계각층 사람들의 정신세계 속에 사실은 닮은 점이 많다는 사실을 알릴 수 있다고 생각했다. 톨스토이 교육의 주요 원칙은 선생님이 학생들이게 절대 강요하지 않는다는 것이었다. 그는 아이들을 가르친 경험을 평생 좋은 기억으로 가지고 있었다. 1901년 4월 8일 일기에 "나의 인생에서 가장 행복했던 시간은 사람들을 위해 헌신할 수 있었던 때다. 학교와 중재 재판소에서 일했을 때와, 굶주린 이들을 돕고 신앙적 도움을 주었던 때가 가장 행복했다."

28

톨스토이는 1860년 7월 2일 두 번째 해외여행길에 나서 독일, 프랑스, 영국, 벨기에를 방문하고, 1861년 4월 12일에 돌아왔다.

29

 톨스토이는 1861년 5월 16일 툴라주 크라피벤스크 군 제4구역 중재재판소원에 임명됐다. 중재재판소는 농노제 폐지 후 지주와 농민간 분쟁 해결을 위해 설립됐다. 톨스토이는 중재소 일을 하면서 항상 농민의 편에 섰고, 그러다보니 크라피벤스크 귀족들의 미움을 샀다. 귀족들의 분노는 생각보다 심해 그는 결국 중재소를 그만둘 수 밖에 없었다. 1862년 4월 30일에 그는 사직서를 냈고, 같은 해 5월 26일에 중재소를 나왔다.

30

 1862년에 톨스토이는 『야스나야 폴랴나, 학교, 교육 잡지』(1-12호)를 펴냈고 거기에 그는 11개의 논문을 실었다. 그는 다양한 나라와 시대 하의 민중 교육과 야스나야 폴랴나 학교 교수법이라는 두 가지 문제를 집중적으로 다루었다.

31

 사마라 주의 쿠미스(말 젖으로 만드는 음료) 만드는 곳에 방문한 것을 말한다. 톨스토이는 1862년 5월 14일에 떠나 7월 31일에 돌아왔다. 그는 두 달 정도 사마라 주 니콜라예프 지역 카랄르이크 마을의 바쉬키르 인들의 유목지에서 지냈다.

32

톨스토이는 1862년 9월 23일 소피야 안드레예브나 베르스와 결혼했다.

33

『전쟁과 평화』 집필 후 톨스토이는 1869년 9월 펜젠주로 가는 길에 처음으로 심한 향수병을 앓았다. 그 이야기는 후에 나온 『광인일기』(1884-1886)에 잘 묘사되어 있다. 『참회록』의 배경은 그의 1870년대 일기에 잘 나타나있다. 예를 들어, 1874년 2월의 한 일기에 다음과 같은 내용이 있다. "50년 가까이 살면서 나는 당 활동을 통해 아무것도 얻을 것이 없다는 것을 깨달았다. 인생은 고통, 두려움, 고집, 투쟁으로 뒤섞여있다. 다 무엇을 위한 것이란 말인가? 미치기 위한 것일 테다. 이 세상에서의 삶을 제대로 들여다 볼 줄 아는 이 똑똑한 사람은 지금 막다른 길에 다다랐다. 하트만과 쇼펜하우어의 말이 맞았다. 그러나 쇼펜하우어는 그가 자살하지 않았던 무언가 특별한 이유가 있음을 암시했다. 바로 그 무언가를 찾는 것이 내 책의 목적이다. 우리는 무엇으로 사는가?" 톨스토이가 니콜라이에게 보낸 1875년 11월 30일자 편지는 『참회록』으로 나아가는 심리적 발전 단계였다. 그 편지에는 후에 발표될 미발간 저작에 붙이는 서문, 즉 『참회록』의 주요 논점이 모두 언급되어 있다. "제가 쓴 철학 에세이에 붙일 서문을 보냅니다. 읽어 보시면 칸트가 『순수이성의 비판』에서 던진, 첫째, 나는 무엇을 알 수 있는가? 둘째, 나는 무엇을 해야하는가? 셋째, 나는 무엇을 바랄 수 있는가?라는 질문 중 마지막, '나는 무엇을 바랄 수 있는가?'라는 질문을 두고 내가 어렸을 때부터 얼마나 많은 고민을 해왔는지 알게 되실 겁니다. 사유하는 사람이라면 누구나 이 세 가지 질문이 결국 '인생이란 무엇인가? 나는 누구인가?'라는 하나의 질문으로 연결된다고 생각할 것입니다. 그러나 직감이든, 지식적 경험이든, 혹은 또 다른 무엇이든 그것은 각자가 이 세 개의 자물쇠 중 가장 쉽게 열리는 것이 무엇인지, 각자가 어떤 자물쇠의 열쇠를 가지고 있는지, 혹은 각자가 어떤 문 안에 갇혀 있는지 보여줍니다. 그러나 각각의 문 뒤에 숨겨진 것에 도달하기 위해서는 그중 하나의 문을 여는 것만으로도 충분하다는 사실에는 의심의 여지가 없습니다. 나는 이것이 얼마나 무책임하게 들릴지 알고 있습니다. 이런 말을 하기 위해 편지지 두 장을 쓴다고 하면, 그것이 얼마나 이상하고 생각 없어 보일지도 알고 있습니다. 그러나 내가 그렇게 할 수 있게, 그렇게 할 수 밖에 없게 만드는 이유가 있습니다. 내가 가까운 사람인 당신에게 편지를 쓰는 것이 아니라, 모두가 듣게 될 나의 신앙고백을 쓰는 것이었다면 그렇게 했을 것입니다. 그렇게 할 수 있는 이유는 바로…『시공간을 초월한 미래의 삶에 대해』(1875), 『영혼과 영혼의 삶에 대하여』(1875), 『기독교의 의미』(О значении христианской религии:1975-1876), 『종교의 정의 – 신앙들』(1875-1876), 『기독교 입문서』(Христианский катехизис:1877) 등 1870년 중반에 쓰여진 그의 다른 철학서도 『참회록』과 같은 계기에서 완성됐다.

34

니콜라이 스트라호프에게 쓴 1875년 11월 30일자 편지의 글이다. "나는 마흔일곱이다 … 내가 노년에 접어들었음을 느낀다. 내가 말하는 늙었다는 것은 더이상 외부세계에 대한 흥미를 느끼지 못하는 내적 상태를 말한다 … 요술쟁이 할멈이 내게 와서 나에게 소원이 무엇이냐 묻는다면, 하나만 꼽을 수 없을 것 같다. 나의 소원이라면 그동안 그려오던 새로운 품종의 말을 만든다던가, 여우 열 마리를 들판에 한꺼번에 풀어놓는 것, 내 책이 크게 성공하는 것, 수백만 불을 버는 것, 아랍어와 몽골어를 배우는 것 등이 있었다. 그러나 나는 이것들이 진짜 소원이 아니라는 것을 안다. 영원한 소원이 아니라는 것이다. 나는 이것들이 습관적으로 바라던 것들의 잔재이며, 내 마음이 어리석을 때 생기는 바람들이라는 것을 알고 있다. 이런 바람이 생길 때, 나의 내면의 목소리는 이것들이 나를 만족시켜주지 못한다고 말해준다. 그렇다. 나는 늙었다. 더 이상 원하는 것도 없으며, 죽음 외에는 앞에 아무것도 보이는 것이 없다."

35

'쓸쓸하고 우울하다(1840)'라는 미하일 유리예비치 레르몬토프의 시 뒷부분을 따 온 표현이다.

삶이란, 식어버린 마음으로 바라보니
덧없고 어리석은 장난이로구나...

같은 편지(1875년 11월 30일 니콜라이 스트라호프) 중반에는 다음과 같은 내용이 담겨있다. "노년에 들어서고 처음에는 혼란을 느꼈다. 그 다음에는 그럴듯 하다 생각했던 한 시인의 표현이 그저 단순한 표현이 아니라, 인생이란 정말로 누군가 우리를 향해 덧없고 어리석은 장난질을 한 것이란 생각에 실망과 끔찍함을 느꼈다." 1880년 10월 10-15일 아파나시 아파나시예비치 페트에게 쓴 편지 중반에는 "그런 빛을 내가 어찌 사랑하고, 믿고, 따르지 않을 수 있겠는가... 그 빛 덕분에 인간이 사는 세상은 누군가의 악한 장난이 아닌 이해와 최선이 함께 이루어지는 곳이 될 수 있는 것이다. 나에게는 복음서가 바로 그 빛이다."라는 내용이 나온다. 인생이란 타인에 의한 어리석은 장난이라는 발상은 『전쟁과 평화』(1863-1869) 속 보로디노 전투 전날 주인공 안드레이 볼콘스키의 독백에도 나온다. "알지 못하는 것은 어리석은 것이다. 그러나 이 모든 장난을 알게 되는 것은 끔찍하다."

36

『참회록』을 쓸 당시 톨스토이는 아버지 니콜라이 일리이치(1794-1837), 할머니 펠라게야 니콜라예브나 톨스타야(1762-1838), 이모들 알렉산드라 일리니치나 오스텐 사켄(1797-1841), 타티야나 알렉산드로브나 요르골스카야(1792-1874), 펠라게이 일리니치나 유쉬코바(1801-1875), 형제 드미트리와 니콜라이, 장인 발레리안 페트로비치 톨스토이(1813-1865), 두 아들 표트르(1872-1873)와 니콜라이(1874-1875)의 죽음을 겪었다.

37

톨스토이는 일각수에 대한 고대 우화를 각색했다(일각수 대신 '성난 맹수'를 사용했다.). 그는 『프롤로그』에서 이 우화를 처음 접했다. 이 우화는 길고 흥미로운 역사를 가지고 있다. 그중 가장 오래된 버전은 인도의 '마하바라타(제11권 5장)'에 나온다. 좀더 나중에 서기 2-4세기에 쓰여진 것으로 보이는 붓다의 일대기에도 나온다. 그 후 이 이야기는 팔라비아어로 번역됐고, 그 후 아랍어(8세기), 그루지야어(10세기), 그리스어(10세기 말-11세기 초), 라틴어(1048년)로 번역됐다. 그 과정에서 주인공의 이름이 봇디사타(산스크리트)에서 보디사프(페르시아어), 부다사프/유다사프(아랍어), 로다사프(그루지야어), 로아사프(그리스어), 로사팟/조사팟(라틴어)으로 달라졌다. 이야기가 유럽으로 퍼져나갈수록 붓다의 일대기도 내용이 조금씩 달라지면서 기독교적 요소가 가미됐고(첫 기독교 버전은 그루지야에서 나온 발라바리아니였다), 결국 「바를람과 조사팟」이라는 제목의 기독교 성인의 이야기가 되었다. 유럽 버전은 이교도 왕자 조사팟(산스크리트 원문에서는 싯타르타 가우타마)이 여러 어려움을 겪으며 수행자 바를람에 의해 기독교에 귀의하게 되고, 국민들도 기독교를 믿도록 했으며, 자신은 물려받은 왕위를 내려놓고 광야로 떠난다. 이 이야기는 스승과 제자가 인생에 대해 대화를 나누는 형식으로 매우 문학적으로 쓰여졌다. 고대 러시아어로는 12세기에 키예프에서 최초로 번역된 것으로 보인다. 12세기에 이미 일각수 이야기를 비롯한 이 책의 일부 설화들이 고대 러시아의 '프롤로그'에 최초로 담기기 시작했을 가능성이 높다.

38

죽기 전 안나 카레니나가 자신의 독백 속에서 말한 예술적 해결 방식은, 삶이라는 것이 가지는 '악함과 무의미함'에 대한 실질적 경험과 '달콤함에 대한 생리학적 욕구의 상징적 비유가 뒤엉킨 것'에서 출발한다. 그녀의 독백은 '모두 진실이 아니다. 모두 거짓이며 기만이고, 모두 악이다'라는 것에서 출발한다. 그 두 번째 동기는 '우리는 모두 달고 맛있는 것을 좋아한다.'라는 가정이다. '달콤함'의 유혹은 인간 분열로 이어지는 삶을 상징하는 것이다.

39

여기에서는 죽음의 공포를 말한다.

40

톨스토이가 1860년 처음 읽은 순간부터 죽는 날까지 손에서 놓지 않았던 미셸의 수상록을 보면(키케로의 '최선과 최악에 관하여'에서 직접 인용함), "인간의 최선은 무엇인가 하는 문제만큼 철학가들이 열띠게, 치열하게 논쟁하는 주제가 없다. 로마의 사가 마르쿠스 테렌티우스 바로는 이런 문제를 다루는 288개의 학파가 있었다고 말했다 … 누군가는 인간의 최선은 선행이라 하고, 누군가는 쾌락이라 하고, 또 누군가는 자연을 따르는 것이라 한다. 학문에서 최선을 찾아내는 사람도 있고, 고통이 없는 삶 속에서 찾는 사람도 있고, 또 누군가는 보이는 것을 믿지 않는 것이 최선이라고 한다." 톨스토이는 인간의 최선은 서로 하나는 되는 것이라고 봤다.

41

1865년에 「종교에 관하여」라는 에세이에서 톨스토이는 이미 다음과 같은 말을 했다. "인류는 우리가 표현은 하되, 실제로 가질 수 없는 개념이다. 인류는 x이며, 그래서인지 우리는 마치 수학을 하듯 우리의 생각 공식에 인류라는 개념을 집어 넣고 끊임없이 크고 작은 숫자를 넣었다 뺐다 하면서 우리가 원하는 거짓 결론을 낸다." 톨스토이는 『하나님의 나라가 너희 안에 있느니라』에서 이 문제에 대해 파고들었다. "국가와 민족은 존재한다. 인간이라는 추상적 개념도 존재한다. 그러나 인류는 실제적 개념이 없고, 있을 수도 없다 … 인류의 범위는 어디까지인가? 인류는 어디에서 시작해 어디에서 끝나는가? 야만인이나, 바보, 알코올 중독자, 광인 등에 의해 인류가 끝날 수 있는가? … 인류애라는 것은 한 개인에 대한 사랑이라는 논리에서 봤을 때, 아무런 의미를 가지지 않는다. 왜냐하면 인류는 픽션이기 때문이다." 『과거와 사색』의 제6장 '로버트 오언'에서 알렉산드르 게르첸도 비슷한 말을 했다. '인류'라는 단어는 엉터리다. 아무것도 표현해 줄 수 없는 단어다. … '인류'라를 단어로부터 공통적으로 연상되는 것이 무엇인가? 이끄라(생선알) 따위 같이 전체를 부르는 개념에 불과한 것 아닌가." 표도르 미하일로비치 도스토옙스키는 자신의 『수기』(1872-1875)에 "인류를 사랑한다 하는 이는 그 각각의 구성원인 개인을 사랑할 줄 모르는 사람"이라고 말했다.

42

아르투르 쇼펜하우어(1788-1860)는 독일의 철학가이자 이상주의자다. 이는 그의 책 『의지와 표상으로서의 세계』(1844)의 제2권 서문에 잘 드러나 있다. 톨스토이는 1875년 11월 30일 니콜라이 스트라호프에게 보내는 편지에서 비슷한 말을 한 적이 있다. "철학에서 다루어지는 삶, 마음, 의지, 이성 등은 특정 측면을 왜곡하거나 없애는 것이 아니다. … 철학적 표현으로는 철학적 지식을 이루는 개념을 정의할 수 없고, 그 개념들을 없애지도 못한다. 그저 그 자체로 둘 수 밖에 없는데, 왜냐하면 직접적으로 얻어지는 개념일 뿐만 아니라, 그래서 아무리 원해도 그 개념들로 일련의 연속성을 만들어 낼 수 없기 때문이다. 이 모든 개념들은 쇼펜하우어가 말한 충족 이유율 그 어디에도 들어맞지 않는다. 모두 논리적 결론에 도달하지 못하며, 모두 같은 무게를 가지고, 논리적으로 연결되지 않는다. 그래서 논리적 결론으로는 절대로 철학적 깨달음에 도달할 수 없으며, 오직 이 비논리적 개념을 하나의 덩어리로 묶어 놓고 조화롭게 생각해야만 철학적 확신을 얻을 수 있다. 즉, 결론과 증거 없이 순간에 확신을 얻을 수 있다는 말이다. … 철학적 이론보다는 신앙에 더 큰 영향을 받는 것은 꼭 무지하고 어리석은 사람들만이 아니라는 사실을 떠올려 보길 바란다. 이미 알고 계시듯, … 내가 생각하는 철학이란 인간의 삶과 죽음의 의미에 대한 질문에 가장 그럴싸한 대답을 줄 수 있는 지식이라 생각한다." (톨스토이 90권 모음집. 62권. 223-225p.)

43

소크라테스(기원전 약 470-399년)는 고대 그리스의 철학가이다. 이후에 나오는 내용은 소크라테스가 죽기 전 제자들과 나눈 대화를 담은 플라톤의 『파이돈』의 제11장, 12장에서 발췌한 것을 자유롭게 요약해 가져온 것이다. 『파이돈』 중 소크라테스에 대한 내용이 톨스토이의 『지혜의 달력』(1904-1908)에 담겨있다.

44

이어지는 내용은 쇼펜하우어의 『의지와 표상으로서의 세계』 71번째 문단 마지막 부분 일부를 톨스토이가 인용한 것이다.

45

솔로몬(화평을 이루는 자, 축복받은 사람)은 구약성경에서 가장 지혜로운 왕으로 알려진 이스라엘 왕국의 제3대 왕이다(기원전 약 965-928년). 그의 저서로는 『잠언』, 『전도서』, 『아가서』가 있다. 이어지는 내용은 『전도서』의 일부이다.

46

샤키아무니, 인도왕자 싯다르타 가우타마(기원전 1000년 중반)로, 나중에 깨달은 사람이라는 뜻의 붓다라를 이름을 얻었다. 기독교, 이슬람교와 함께 세계 3대 종교 중 하나인 불교를 창시했다. 불교의 대표적 특징은 윤리사상을 바탕으로 하고 있으며, 인간 실존문제를 중요하게 다루고, 고(苦:고통스러운 현실을 바르게 바라봄)·집(集:고의 원인)·멸(滅:해탈에 이름)·도(道:열반에 도달하기 위한 수행)의 네 가지 진리로 구성된 사성제(四聖諦)를 기본 교리로 하고 있다는 것이다. 톨스토이는 평생 동안 붓다에 관심을 가졌다. 특히 1885-1886년 말에는 미완성작 『붓다로 불린 성인 싯다르타. 그의 삶과 가르침』을 썼는데, 이것은 후에 『지혜의 달력』(1904-1908)에 '붓다'라는 제목으로 실린다. 출판사 『포스레드니크』(농지로정원)은 1911년에 파벨 알렉산드로비치 불란제의 책 『붓다로 불린 싯다르타 고타마의 삶과 가르침』을 출판했다.

47

실증주의 철학은 철학의 한 사조로, 과학의 특정 분야 또는 여러 분야를 종합해 얻어진 결과에서 도출한 실질적(실증적) 지식을 기반으로 하고 있다. 니콜라이 스트라호프에게 보내는 1875년 11월 30일자 편지에 톨스토이는 다음과 같은 말을 남겼다. "… 표지에 '철학'이라 써진 책을 있는 대로 모두 읽어보면, 죄다 철학과는 거리가 먼 이야기를 하고 있다는 것을 알게 될 것이다. 이것은 첫째로, 철학서 대부분은 실증주의 철학책과 마찬가지로 철학이라 할 수 없는 것들이기 때문이다. … 실증주의 철학은 철학의 목적을 왜곡하고 올바르지 않게 받아들이고 있으며, 자신들의 목적을 이루기 위해 철학에 강박적으로 과학을 접목하고 있다. 그러나 실증주의 철학의 목적은 본질적으로 철학이 아니다."

48

르네 데카르트(1596-1650)는 프랑스 철학가이자 수학자, 고전 이상주의 사상가이다. 여기에서는 데카르트의 '철학 원리(1644)'를 두고 하는 말이다. 톨스토이는 니콜라이 스트라호프의 글 『심리학의 기본 개념』(러시아 제국 국민계몽부 잡지. 1878년. 제5호)를 통해 이 작품을 처음 만나게 된다. 1875년 11월 30일자 니콜라이에게 보내는 편지에서 톨스토이는 "나의 삶은 장난일 수 없다는 깨달음, 데카르트가 신이 존재한다는 결론에 도달하고 신이 우리를 가지고 장난질을 하지 않는다고 확신할 수 있었던 바로 그 깨달음은 내 안에서 충돌을 일으켰다. 그 깨달음은 모든 사람들이 합리적 존재의 삶이 무의미함을 인정하는데 있어서도 충돌을 일으킬 것이다. 데카르트의 주장은 내가 그 동안 삶의 의미를 제대로 이해하고 있었던 것인지 의심할 수 밖에 없게 만들었다."

49

고대부터 인도 카스트 제도의 가장 최상위를 차지해 오던 성직자 계급이다. 브라만의 정통 가르침은 최종적 자유에 도달하는 것과 세속에서 완전히 벗어나 신에게만 집중하며 신의 섭리에 대한 완전한 깨달음을 얻는 것을 목표로 삼고 있다. 이를 위해 정욕을 억누르며 모든 감각의 욕구를 억제해야 한다.

50

사도바울이 유대인들에게 보내는 편지(11:1)의 인용

51

창시자는 마호메트 또는 무함메드(570-632)로, 세계에서 가장 널리 퍼져있는 종교 중 하나이다. 인간 본성을 극복하거나 바꾸려 하지 않으며, 일상생활의 질서와 해명을 목표로 한다.

52

알렉세이 스테파노비치 호먀코프, 유리 표도로비치 사마린 등 슬라브주의자들을 말한다. 막스 뮐러의 글을 두고 쓴 종교의 진실에 대한 사마린의 저작인 『진정한 종교에 대한 두 통의 편지』와 『종교의 기원과 생성』을 읽고 나서, 톨스토이는 1876년 5월 17-18일에 니콜라이 스트라호프에게 다음과 같은 편지를 보냈다. "인간에 대한 신의 영향력(헤겔식 접근은 아니었지만)과 인간이 중요하다 생각하는 것을 바탕으로 한 증명이 잘 나타나있다." 호먀코프와 사마린의 신학서에 대한 평은 『교리신학연구』(제8장)와 『하나님의 나라는 너희 안에 있느니라』(제3장)에 잘 나와있다.

53

1874년 페테르부르크에서 영국 선교사 그랜빌 래드스톡이 여러 번 설교를 한 적이 있었다. 그는 선행으로 죄를 씻을 수 있다는 주장을 반박하며, 오직 보혈로만 죄 사함을 받을 수 있으며, 그리스도를 구원자로, 하나님께로 가는 길임을 믿는 사람에게는 이미 보혈이 흘러들어가 깨끗해졌다는 사상을 발전시켰다. 톨스토이는 래드스톡을 따르는 알렉세이 파블로비치 보브린스키와 알고 지내면서, 1876년에는 그와 편지를 주고 받았고, 1871-1874년에는 교통부 장관과 편지를 주고 받았다. 알렉산드라 안드레예브나 톨스타야도 톨스토이에게 래드스톡경의 소식을 전해주었다. 그녀는 관사에서 일을 했는데, 1876년 3월 28일 편지에 래드스톡 선교사가 인간 천성에 대해 전혀 모르며 관심도 없다고 전했다. 『안나 카레니나』 제7부(21-22장)에 믿음을 통한 구원이 유머러스하게 표현되어 있다.

54

요한계시록에 나오는 말이다.(3장 19-20)

55

톨스토이가 처음으로 '이성'에 의심을 품은 것은 1850년대 중반이었다. 1856년 3월에 그는 일기장에 "살면서 내가 한 가장 큰 실수는, 양심이 미련하고 줏대 없다고 말하는 감정의 자리에 이성을 밀어넣은 것과, 양심이 좋은 것이라 말하는 쪽으로 나의 이성을 움직인 것이다." 1860년대 쓰던 완성되지 못한 철학서 『청년과 노년기 사유의 특징』에서는 '이성'의 판단 과정에서 이해할 수 없고, 풀리지 않는 무한한 것을 만나게 될 수 밖에 없다고 말한다. 『종교에 관하여』(1865)에서는 이 모든 풀리지 않고 이해할 수 없는 것을 인간이 가진 주된 문제 즉, "나는 무엇인가?", "나는 왜 사는가?", "죽음 뒤에는 무엇이 있는가?"라는 질문과 직접적으로 연결했다. "이성적 사고", "생각의 전개"라는 말은 『전쟁과 평화』(베주호프, 볼콘스키)와 『안나 카레니나』(레빈)에서도 찾을 수 있다. 톨스토이는 마음에서 '흘러나오는' 느낌을 두고 1870년 중반에 "마음의 지식"이라 일컬었고, 그로부터 십년 후 바로 그 "마음의 지식", 혹은 "합리적 지식", 즉 "이해" 혹은 "이성적 인식"을 도덕적 최고수준에 이르기 위한 중요한 시작이라고 말했다.

56

임마누엘 칸트는 독일의 철학자이자 학자, 독일 고전 철학의 창시자이다. 『순수이성 비판』에서는 (1. 초월적 원리론, 제3장, 섹

션 4-6) 신의 존재에 대한 존재론적, 우주론적, 물리생물학적 증명들이 나온다.

57

쇼펜하우어의 『충족이유율의 네 겹의 뿌리에 관하여』에도 신의 존재에 대한 증명이 나온다.

58

소설 『유년시절』(1852)을 시작으로 톨스토이의 작품 활동은 민중이 스스로 만들어가는 가치에 중점을 두고 있다고 말할 수 있다. 그는 이 작품에서 개인의 영적 성장의 원천을 밝히며, 가치를 위해 노동하는 이들에게 내면적으로 높은 수준(무한한 사랑, 인내, 죽음에 대한 공포 초월)에 도달해야 함을 제시하고 있다. 『안나 카레니나』에서 표도르가 말한 "영혼을 위한 삶, 진실과 신을 따르는 삶"은 레빈에게 민중이 인식하는 중요한 사실 즉, 도덕적 이상과 실제 사이에는 차이가 없다는 것을 알려주고 있다.

59

『참회록』에는 민중의 도덕적 가치는 그들이 지키고 읽어오는 작품에 따라 달라진다는 점이 다음과 같이 강조되어 있다. "민중의 종교는 두 가지 자양분을 먹고 자란다는 것을 알게 됐다. 하나는 잠언 중 간혹 내용이 바뀌며 입에서 입으로 전해지는 가장 사랑 받는 구절들이나, 수도승, 고행자의 삶, 전설, 속담, 이야기, 그리고 가장 중요하다 할 수 있는 삶 자체에 녹아있는 지극히 기독교적인 가르침들이며, 또 하나는 민중들이 삶 속에 이뤄낸 업적에 대한 이야기다."

60

『하나님의 나라는 너희 안에 있느니라』(1893)에서 톨스토이는 다음과 같은 말을 했다. "호먀코프는 교회는 사랑으로 연결된 사람들의 모임이며(성직자, 성도 할 것 없이), 사랑으로 하나된 사람들만이 진실을 만날 수 있고, 바로 이런 교회가 첫째, 니케아 신경을 인정하며, 둘째, 교회 분열 이후 교황과 교리를 인정하지 않는 교회라고 주장한다. 그러나 이런 식의 접근으로는 호먀코프가 원하던 것처럼 사랑의 공동체로서의 교회와 니케아 신경, 포티오스를 인정하는 교회가 같은 것이라 보기는 더욱더 어렵다. 그래서 사랑으로 하나되어 거룩하다는 이 교회가 그리스 성직자들이 인정하는 그 교회와 같은 것이라는 호먀코프의 주장은 가톨릭과 옛 정교회의 주장보다 더 제 멋대로인 것이다. 호먀코프의 논리에 따라 교회를 사랑과 진리로 연결된 사람들의 모임으로 보면, 누군들 그 공동체에 속해 사랑과 진실과 함께 하겠다 하지 않겠는가. 그런 것이 존재한다면 말이다. 그러나 스스로 또는 다른 누군가를 두고 그런 공동체에 속해 있다고 확실하게 말할 만한 명확한 기준이 없다. 안을 들여다보지 않고 겉만 보고서는 절대 알 수 없는 개념이기 때문이다."

61

니케아 신경(콘스탄티노폴리스 신경)은 신앙의 상징으로, 기독교 신앙의 가르침을 집중적으로 적어놓은 것이다. 2개의 공의회에서 채택되었는데, 325년에는 니케아 공의회에서, 381년에는 콘스탄티노플 공의회에서 채택됐다. 톨스토이는 『아즈부키』(1872) 제3권에 니케아 신경을 인용했다. 『참회록』 초판에서는 '완전한 근거가 있음', '사랑은 진리의 표현을 일치를 위한 필수적인 요소로 만들지 못한다'라는 말과 함께 나온다. 사랑이라는 것은 의무를 배제한 것이다. 진리는 믿음과 사랑으로 느껴지는 것이기에 둘 다 자유롭고, 그런 의미에서 의무적인 것이라 할 수 없다. 니케아 신경은 누구에게도 꼭 따르라 말하지 않는다. 자유롭게 받아들여지는 것이다. 자유가 없다면 그것은 이미 믿음이 아니며, 사랑도 아니다. 니케아 신경을 부정하는 것은 곧, 그리스도의 사랑과 교제를 거부하는 것이다.

62

성찬식 전 연도와 응송기도 후 읊는 기도문의 일부이다.

63

『참회록』 초판에서는 본 내용이 다음과 같은 설명과 함께 나와 있다. "삼위일체라는 표현은 수학적으로는 이해할 수 없다. 완전하고 무한한 존재의 본질과 형태만이 인간의 언어로 표현할 수 있다. 없어질 육신과 현상에 대해 연구하는 경험주의 학문 역시 원자의 존재를 증명하기 위해 어쩔 수 없이 수학적 관점에서 볼 때 바보 같은 정의를 내놓을 수 밖에 없다. 그러나 원자의 존재는 믿어지고, 믿어질 수 밖에 없다. 그렇지 않았다면 그 어떤 물리 또는 화학적 현상도 절대로 설명할 수 없다.

64

1917년까지 쓰이던 연도(탄원기도)의 한 부분이다. 그 내용은 다음과 같다. "전 러시아의 가장 복이 있으며, 능력 있으신 위대한 황제 '아무개', 그리고 그의 가장 복이 있으신 황비 '아무개', 그의 가장 복이 있으신 어머니 '아무개'를 위해 하나님께 기도합시다. 신실하신 군주, 후손이신 위대한 '아무개' 공, 모든 황족과 모든 부처와 군대를 위해 기도 드립시다. 그들을 모든 적과 원수들로부터 지켜주시고, 적과 원수들을 벌 주시길 기도 드립시다."

65

성찬식 첫 순서로 빵과 포도주 등 성찬을 준비할 때 드리는 기도다.

66

모든 기독교 종파가 인정하는 교회 성사 중 하나다. 예배 중에 진행하며, 교회의 가르침에 따라 성찬 예식에서 그리스도의 살과 피를 상징하는 빵과 포도주를 먹는다.

67

12개의 성일을 말하는 것으로 러시아정교에서는 9월 8일(21일) 성모탄신일, 9월 14일(27일) 십자가 현양축일, 11월 21일(12월 4일) 성모입당일, 12월 25일(1월 7일) 성탄절, 1월 6일(19일) 주현절, 2월 2일(15일) 예수입당일, 3월 25일(4월 7일) 성모희보, 8월 19일(26일) 현성용축일, 8월 15일(28일) 성모안식일, 예수의 예루살렘 입성축일 혹은 버들가지 일요일, 승천일, 성령 강림절(오순절), 10월 1일(14일) 성모제일을 기념한다.

68

1878년 4월의 일이었다.

69

『참회록』 초판에는 다음과 같은 설명이 달렸다. "이성주의와 현실주의 원칙에서 벗어났다고 하면서도, 톨스토이는 믿음을 받아들이는 과정에서 진리에 이성과 현실적 근거를 붙이며 스스로 모순을 보여주고 있다. 세례도, 부활도, 성찬도 현실주의적 근거로 설명할 수 있는 개념이 아니다. 톨스토이가 당시 본인이 읽고 있던 호먀코프의 책 중, 호먀코프가 성찬식에 대해 가톨릭적 설명을 늘어놓자, 한 농촌 성직자가 "그리스도의 몸이 아니라 그의 고기를 먹는다고 생각하다니 안타깝다."고 했던 장면을 기억하고 있었을텐데 말이다. 그가 만약 성찬식을 실제 예수의 몸을 먹는 것이라고 생각한 것이라면, 그는 잘못 생각한 것이다.

70

고대 루시에서는 성인의 일화와 어록을 담은 책을 『프롤로그(성인언행록)』이라 불렀다. 그리스어로는 시낙사르 또는 시낙사리라고도 한다. 1642-1644년에 최초로 인쇄형태로 나왔으며, 그 후에는 여러 번 출판됐다. 『프롤로그』는 구조상 달력을 연상시킨다. 성인들의 생활과 교육적 일화들이 날짜 별로 적혀있기 때문이다. 프롤로그라는 이름은 그리스어의 시낙사리를 정교회 언어로 번역할 때 '서문'이라는 뜻의 그리스어를 책 전체의 제목으로 생각한 것에서 비롯됐다. 톨스토이는 『프롤로그』에 1월 19일에는 이집트 마카리우스의 이야기를, 11월 18일에는 조사팟(부다의 이야기를 기독교화 시킨이야기)를 인용했고, 요한 크리소스토모스 이야기는 책 여기저기에 걸쳐 나오며, 우물에 빠진 여행자 이야기(11월 19일), 황금을 발견한 수도사 이야기(9월 13일), 성 요한이 쓴 세리 표트르 이야기 등을 인용했다. 야스나야 폴랴나 도서관에 톨스토이의 해설이 달린 『프롤로그』의 1875-1876년 판 견본이 보관되어 있다. 톨스토이의 '두 형제와 황금'도 앞 이야기들을 모티브로 했다.

71

『체티미네이』는 정교회 성인의 생애전을 말한다. 그들의 일년간의 생활과 수행을 월별로 매일 기록해 놓은 것이다. 이것은 여러번에 거쳐 만들어지고 수정되었다. 그중에는 『프롤로그』의 내용도 포함되어 있다. 톨스토이는 1864년에 12권으로된 이 『체티미네이』를 읽었다(톨스토이의 해석이 달린 책은 야스나야 폴랴나 도서관에 보관되어 있다.). 톨스토이는 러시아 대주교 마카리가 엮은 '대 마카리 생애전'과 바실리 오시포비치 클류쳅스키의 '역사적 사료로서의 고대 러시아 성직자들의 삶'(1871)을 익히 알고 있었다. 두 번째 작품은 톨스토이의 수많은 해설과 함께 야스나야 폴랴나 도서관에 보관되어 있다. 『아즈부키』 제3장에는 마카리의 『체티미네이』 중 두 가지 이야기('수도승 필라르기'와 '나뭇꾼 무린')가, 드미트리 로스톱스키 중에서는 '하나의 이야기(성인 다윗의 삶)'을 가져왔다.

72

『참회록』 초판에 "여기에서도 믿음을 이성주의와 경험주의로 이해하려는 시도가 보인다."라는 해설이 붙어있다.

73

교회가 정교회와 가톨릭으로 나뉘기 시작한 것은 867년 니콜라이 1세 대주교와 콘스탄티노플의 포티에가 갈라서게 되면서부터였다. 가장 큰 이유는 불가리아 교회를 누가 이끌 것인지에 대한 문제 때문이었고, 교리적 측면에서 본다면 신경에 '필리오케 그리고 성자'라는 말을 추가하는 문제 때문이었다. 1054년 정교회와 가톨릭 분열은 심해졌다(로마교회로 대표되는 비잔틴 교회와 교황이 있는 라틴교회의 대립). 13-15세기에 벌어진 동서교회

통합 시도가 있었으나 실패로 끝났다. 신경에 나오는 정교회 믿음의 기반을 이루는 것은 성경과 성인들의 일화다. 그리고 그 기반에는 삼위일체, 창조주, 만물의 통치자, 영생, 심판, 원죄를 가지고 있는 인간을 구원하는 그리스도의 화목제 역할 등의 개념이 있으며, 교회는 하나님과 인간을 연결하는 역할을 하고 있다고 보고 있다.

74

식유파라고도 하며 두호보르파에서 분리된 러시아의 이성주의 종파다. 식유파라는 이름은 1765년 금식 때 이들이 우유를 마시는 것에서 붙여졌다. 이들은 러시아정교와 예배, 의식, 성인을 기리는 것, 권력, 이콘(성상화)를 인정하지 않는다. 오직 구약, 신약 성경만 유일한 신앙의 가르침으로 인정한다.

75

여기에서 고행수도사는 정교회에서 이들에게 요구하는 엄격한 금욕고행을 하기로 맹세하고 실천하는 수도사들을 말한다.

76

다시 말해 구교파, 즉 구전례주의자들과 당시 그들보다 더 핵심 세력이었던 교회가 정교회 예배를 따르고 정교회 주교를 교회 사역자로 세우기로 하면서 화합하자는 것이다. 그렇게 예배는 물론이고 의식을 행할 때도 옛 정통 서적과 의례에 따라 행했다. 이 종파는 구전례주의자들의 발의로 18세기 말에 생겨났다.

77

『참회록』 초판에는 해당 부분에 다음과 같은 해설이 달려있다. "성직자의 대답이 전적으로 옳다. 성직자들은 신앙고백과 관련해 절대 양보해서는 안 된다. 그렇게 양보를 하면 교회 당국에 대한 비난을 피할 수 없기 때문이다. 왜냐하면 교회는 교회 지도자들의 것이 아니라, 성도들의 것이기 때문이다."

78

알렉세이 미하일로비치는 제2대 로마노프 황제다(1629-1676). 여기에서는 종교적 주장을 펼쳤던 구전례주의자들에 대한 사형을 의미한다. 사네 아바쿰도 화형에 처해졌다.

79

특히 1879년부터 활동하던 '인민 의지' 당원 중 혁명 테러분자들의 사형시켰던 것을 말한다.

80

톨스토이는 직접 본인이 이 꿈을 실제로 꾼 적이 있다고 증언했다.

레프 니콜라예비치 톨스토이의 영적 방황

저자 - 라리사 모토리나

번역 - 엄새봄

레프 톨스토이는 제대로 된 이해와 정당한 평가가 요구되는
살아 있는 거대한 수수께끼와 같다.
인류의 문화와 역사 속에서 투쟁과 고통 없이 지고한 것을
이루어낸 일은 없었기 때문이다…
- 이반 일리인

2010년은 위대한 러시아 작가이자 사상가인 레프 니콜라예비치 톨스토이의 서거 100주년이 되는 해다. "절대 움직이지 않는 거대한 바위처럼 레프 톨스토이는 수년 간 유럽의 문제에만 천착했다. 하지만 그는 러시아 문학의 최고봉이었다. 또한 경외의 대상이기도 했다. 그러다 그 큰 바위가 조금씩 움직이는가 싶더니 굴러가버리고 말았다. 톨스토이가 세상을 떠난 것은 소리 없는 천둥이었다. 이 일은 누군가에게는 커다란 슬픔과 공포, 러시아에 대한 걱정으로 끝났고, 반면 누군가에게는 기분 좋은 전조와 희망, 기쁨으로 매듭지어졌다."[1]

톨스토이의 인품이 복잡하고 수수께끼 같으며 모순적이었다는 것은 문학뿐만 아니라 언론, 철학, 종교, 학술 등의 비평

문에서도 잘 드러난다. 이 문제는 번번이 관심의 대상이 되는데, 그것은 바로 한 인간의 내적 갈등이라는 주제는 끝이 없고, 특히 그것이 천재와 관련된 경우 더욱 그렇기 때문이다. "나는 인간이 아닌 전쟁터다"라고 말했던 니체가 저절로 떠오른다. 니체의 이 말은 톨스토이에게도 그대로 적용될 수 있다. 러시아 철학가이자 신학자인 세르게이 불가코프는 톨스토이를 두고 엄청난 통찰력과 탁월한 영혼을 가졌으며, 언제나 격정적이고, 항상 고뇌하고 의문을 던지는 사람이었다고 했다.[2]

톨스토이는 영원하고도 인류보편적이면서 모든 사람에게 공통적으로 발견되는 영혼의 투쟁을 자신의 의문과 고민 속에 담았다. 영혼의 투쟁은 명시적으로 또는 암시적으로 최고의 문학 작품 속에서 삶을 합리화하려는 노력, 영원하고 절대적인 진리의 추구, 참된 모든 것의 공통성과 유사성에 대한 인식, 피상적인 삶의 태도에 대한 불인정, 내면적 조화의 인식 등과 같은 전형적인 모티브 형태로 담겨졌다.

톨스토이는 다음과 같이 말한다. "나를 두고 천재, 개혁가, 위대한 인물 등의 온갖 찬사를 보내면서도, 동시에 내 이면의 가장 단순하면서도 건전한 사상은 인정하지 않는다. … 이런 기이한 모순은 비평가들이 나에 대해 판단을 하면서 자신의 시각을 포기하지 않고, 또 지극히 평범한 나의 시각을 받아들이려 하지 않기에 비롯되는 것이다. …

나는 개혁가도, 철학자도, 사도(使徒)도 아니다. 다만 내가 가진 장점 가운데 가장 소박한 장점을 꼽는다면, 그것은 논리성과 일관성이다. … 나는 일관되고 논리적이지 않을 수 없다. 왜냐하면 내가 하고자 하는 것을 할 때, 영적 성장이라는 확고하고 분명한 목표를 따르기 때문이다. 내가 하고자 하는 것을 하지 않는다면, 나는 영적 죽음에 이르고 말 것이다."[3]

톨스토이는 그의 길었던 일생 동안 "어떻게 신실한 삶을 살 수 있는가, 그러려면 무엇을 해야 하는가"와 같은 러시아 특유의 질문에 대한 답을 찾고자 했다. 이 질문들로부터 윤리적 봉사와 종교적 탐구가 잘 드러난 그의 작가 활동이 시작된 것이다.

익히 알려진 바와 같이 레프 톨스토이는 가정교육을 잘 받았고, 러시아정교 신앙의 환경 속에서 성장했다. 그러나 중년의 나이가 되었을 때 그는 아무것도 믿지 않는 철저한 허무주의자가 되어 가고 있다고 고백했다. 1870년대 중반 심각한 영적 위기를 경험한 그는 이전까지의 그의 삶 전체가 윤리적 근간에서 볼 때 거짓된 것이라는 결론에 이른다. 심지어 자살을 생각하기도 했다. 그는 한 편지에서 "당시 내가 느꼈던 감정은 너무나도 강렬해서 내 주변에 종교를 가지고 있지 않거나 자신의 안위와 삶의 기쁨 말고는 아무런 고민도 없는 사람들의 태연함과 신념을 지켜보노라면 미쳐버릴 것만 같았다."라고 썼다.[4] 그는 자신을, 무섭게 비탈길을 내려가는 기차의 연료 칸에 서서 열차를 멈출 수 없다는 사실을 깨닫고 공포에 질린 사람이라고 비유했다.[5]

이 위기는 톨스토이가 심적, 영적으로 깊이 고뇌하는 기회가 됐다. 그는 이때 철학, 종교사, 신학, 윤리 등을 깊이 연구했다. 톨스토이는 도덕적으로 완성된 인간이 되기 위해 일 년간 정교 율법에 따라 살았고, 그 결과 그리스도의 가르침이 정교회에 의해 심각하게 왜곡되었다는 결론에 도달했다. 톨스토이는 실제로 예수 그리스도는 신이 아닌 위대한 개혁가이며, 그의 가르침의 핵심은 악에 대해 힘으로 저항하지 말라는 계율에 있다고 생각했다. 그렇게 톨스토이는 일생의 절반을 비폭력의 이상을 정당화하는 데 바쳤다.

톨스토이는 인간의 운명에 담긴 신비를 간파하고자 노력했다. 그의 『참회록』은 한 개인의 인생에 대한 일종의 보고서라고 볼 수 있다. 그는 자신이 겪은 영적 위기를 두고 다음과 같이 썼다. "뭔가 몹시 이상한 일이 내게 일어나기 시작했다. 어느 순간 어떻게 살아야 할지, 무엇을 해야 할지, 아무것도 알 수 없다는 무력감과 함께 삶이 정지해버린 것 같은 느낌이 나를 덮친 것이다. 나는 혼란에 빠졌고 우울해졌다. 삶이 정지해버린 듯한 이 느낌은 언제나 다음과 같은 동일한 질문을 통해 표출되곤 하였다. "왜?", "그래, 그렇다면 그 다음은?"[6]

  톨스토이의 영적 위기는 외형적인 면에 있어서 그가 '완전한 행복'이라고 할 수 있는 것에 도달했던 그 시기에 일어났다. 그는 자신의 인생 경험을 통해서 행복에 대한 세속적 관념과 관련된 모든 요소들을 체험하고 난 뒤, 그것들은 마음에 평안을 줄 수 없다는 결론에 이르렀다. 바로 그 풍부한 삶의 경험을 통해 세속의 삶 속에는 스스로 만족할 만한 진정한 의미가 없다는 것을 이해할 수 있게 된 것이다.

  이와 같이 톨스토이에게 중대한 문제는 삶의 의미, 생과 사의 의미에 관한 것이었다. 과거에 그는 이 문제를 자신의 작품에서 중요한 주제로 다루지 않았으나, 인생 후반부엔 죽음을 본인이 겪을 미래로서, 피할 수 없는 마지막으로 받아들이게 된 것이다. 그러자 그는 자신의 삶과 가치가 죽음을 이길 수 없다는 것을 깨닫게 됐다. 톨스토이는 『참회록』에서 이렇게 썼다. "나는 행위 하나에도 내 전 인생에도 아무런 합리적인 의미를 부여할 수 없었다. 어떻게 애초에 이런 사실을 깨닫지 못했는지 놀라울 뿐이었다. 이 모든 것은 아주 오래전부터 모든 사람이 알고 있던 사실이었다. 이제 머지않아 질병과 죽음이 찾아올 것이고 … 나의 작품들은 그게 어떤 것이었든지 모두 잊힐 것이고, 조만간 나 역시 사라질 것이다. 그런데도 왜 그렇게 집착을 하는 것일까?"[7] 톨스토이는 죽음 앞에서도 흔들림 없는 삶이 의미 있는 삶이라 여겼다. 톨스토이가 그 이후에 탐구한 것들은 죽음에 지배되지 않는 것과 관련되어 있었다.

톨스토이에 따르면, 삶은 그 필연적 소멸성 때문에 무의미한 것처럼 보일 수 있고 그래서 삶의 의미에 대한 물음은 삶 자체와 함께 끝나지 않는 그 내용에 대한 물음으로 바뀐다. 그것은 영원불멸의 것에 대한 추구를 말한다. 삶의 의미에 대한 질문은 톨스토이를 신앙과 신이라는 개념으로 이끈다. 그는 신앙을 삶을 의식하는 것으로 이해했다. 신앙이란 인간이라는 존재와 따로 떼어놓고 볼 수 없는 것이다. "신앙은 인생의 의미를 인식하는 것이며, 그 결과 인간은 스스로 목숨을 끊지 않고 삶을 살아가게 되는 것이다. 신앙은 삶의 원동력이다. 인간은 살아있는 한 무엇인가를 믿는다."[8] 라고 톨스토이는 말했다.

톨스토이는 인간이 도덕적 존재라는 것을 전제로 하고 있다. 톨스토이에게 신앙은 윤리적 명확성과 삶의 방향성, 삶의 의의를 표현한다. 그렇게 신앙은 삶 자체가 은총임을 확고하게 밝혀준다. 그러한 선한 의지가 있기에 인간을 최고의 단계인 영적인 삶으로 이끄는 데 필수불가결한 노력이 가능해진다.

톨스토이에 따르면, 인간의 삶 자체는 악할 수 없다. 인간이 악해지면서 스스로를 파멸로 이끌고, 존재하기를 멈추는 것이다. 그는 자신의 삶을 영원하고 무한한 삶에서 기원하는 사명에 부합하도록 만드는 것을 종교라 칭한다. 그는 교회가 삶과 일이라는 몸에서 신앙을 떼어놓음으로써 신앙의 참된 의미를 왜곡했다고 생각했다. 교회의 신앙은 한 인간이 자기의 삶에 대한 책임을 다른 누군가에게 전가하도록 한다고 생각했다. 톨스토이에게 있어 믿음 대로 사는 것은 신을 삶의 영적 시원(始原)으로 이해하면서 신을 지향하는 삶을 사는 것을 의미했다. 톨스토이는 말한다. "믿음이란, 삶 그 자체이거나 혹은 호흡과 육신을 위한 양식과 같이 나의 생명에 필수적인 것이다. 그렇게 생각할 때 나의 삶은 지속적인 은총이며, 그렇게 생각하지 않는다면 나는 살 수도 없고, 또 지금처럼 죽음을 편안하게 맞이하지도 못할 것이다."[9]

톨스토이에게는 두 가지 특징적인 성품이 있다. 첫째는 인생의 정상을 향한 그의 강인한 정신의 끈질긴 노력이고, 둘째는 자기 안에 생명을 주고 삶을 허락한 최고의 존재에 대한 깊은 감사의 마음이다. 이 두 가지 성품이 톨스토이로 하여금 인간에게 허용된 최고의 영적인 체험인 신을 향한 사랑의 체험을 하도록 이끈 것이다. 이 체험이 톨스토이가 지난 30년간 다른 무엇보다 가치 있다고 생각하며 간직하고 키워온 것이었다.[10]

그 때문에 톨스토이는 세계 여러 종교에서 모든 사람에게 구원이 될 수 있는 내용, 즉 만물의 시작은 신이라는 것을 찾고자 노력했다. 그리고 각 개인은 그 시작의 소립자를 가지고 있는데 그것을 키우기 위해서 파괴적 욕망을 억제하고 사랑의 마음을 따라야 하며, 이를 위한 현실적 수단이 윤리라고 생각했다.

종교적이고 도덕적인 면에서 위대한 인품을 지닌 톨스토이에게는 모순적이고 불완전한 면도 공존했는데, 이런 점은 그가 하나의 가르침에 안주하거나 머무르지 않고, 끊임없이 그 틀에서 벗어나려 노력했다는 사실에서도 잘 드러난다. 심지어 톨스토이는 그의 교리를 신봉했던 주변 사람들이 그에게서 찾으려 했던 완벽한 톨스토이주의자도 아니었다고 말할 수 있다. 세르게이 불가코프에 따르면, '톨스토이주의'는 톨스토이 자신에게 일시적 위안일 뿐이었으며, 그 자신은 타고난 천

성대로 모순을 안은 채 살아갔다. "톨스토이에게서 가장 높이 평가되는 이러한 고결한 마음과 그 거스를 수 없는 구도의 마음을 눈부실 정도로 선명하게 상징하는 것이 그의 마지막 며칠 간이었다. 안락한 집을 떠나 어쩌면 인생에서 가장 힘든 운명적인 순간에, 그는 그의 영적 위기가 극에 달했던 시기인 20년 전에 갔던, 그 유서 깊은 옵티나 푸스틴 수도원으로 향하고 있었다. 그곳에서 그는 한 노수사를 방문하려고 했다. 죽기 직전 그는 무엇을 찾았던 걸까? 무엇을 물어보고 싶었던 걸까? 톨스토이는 그 대답을 무덤으로 안고 가 버렸다. 그러나 교회를 인정하지 않던 톨스토이가 하필 옵티나 수도원으로 간 것은 예상치 못한 일이다. 본인의 가르침을 따르던 톨스토이가 수도승과 이야기를 나눌 필요가 있었을까? 정말 대화할 생각으로 갔던 것일까? 아니다. 그렇지만 톨스토이는 그렇게 할 예정이었을 지도 모른다. 죽어가던 레프는, 마음 깊숙한 곳에서 자신의 교리로는 절대 평안을 찾지 못하고 언제나 엄청난 고뇌와 신을 향한 마음으로 괴로워하며 죽어 가던 레프는 그럴 예정이었을지도 모른다. 마지막 며칠 동안 톨스토이의 마음에 어떤 생각이 일어났는지는 아무도 모른다. … 이 불가해성과 해독불가능성, 숙명적 고독은 천재 톨스토이의 운명이자 십자가였던 것이다."[11]

톨스토이의 일생과 모든 문학작품에는 체제에 대한 그의 저항성, 즉 어떤 식으로든 인습적인 것에 대해 맞설 때 자신의 신념과 직관에 충실했던 흔적들이 명백하게 나타나 있다. 러시아 종교 철학자 셰스토프는 톨스토이를 두고 세계를 만들기도 하고, 동시에 파괴하기도 하는 사람이라 칭함으로써 그에 대한 자신의 생각을 매우 정확하게 표현했다.

톨스토이는 그것의 도달불가능함을 알면서도 끊임없이 (예술적, 종교적, 윤리적, 인간적인 면에서) 이상을 추구했다. 하지만 그러한 노력 자체에 높은 가치가 있으며, 필자의 생각에는, 바로 여기에 톨스토이의 영적 드라마를 이해할 수 있게 만드는 맥락이 있다.

톨스토이의 영적 드라마는 그에게 잠재되어있는 강력한 개인적 성향, 즉 비상한 형안, 인생의 진리에 대한 끝없는 탐구, 섬세한 감정과 심오한 직관력, 그의 주변 세계에서 만나게 되는 허영과 거짓, 위선에 대한 절대적 반감에 의해 어느 정도 예정되어 있던 것이었다.

톨스토이가 인류에게 남긴 유산에는 작품뿐만 아니라 그의 삶도 포함된다. 그의 삶에 대한 숙고는 암암리에 점점 더 몰개성적인 체제로 바뀌고 있는 문화 속에서 개성의 결핍을 느끼기 시작하는 동시대인들에게 매우 교훈적이다.

천재적인 문호였던 톨스토이는 자신의 삶에 있어서도 천재적인 창조자였다. 러시아 작가 안드레이 벨리는 톨스토이에 대해 이렇게 썼다. "이 위대한 러시아 예술가는 민중을 향한 가교로서 신성함의 이상을 보여주었다. 종교와 무종교성, 침묵과 표현, 삶의 작품과 예술의 작품, 지식인과 민중 등 이 모든 것이 죽어가는 레프 톨스토이가 마지막으로 쓴 천재적 작품 속에서 서로 만나 교차되고 융합됐다."[12] 안드레이 벨리는 톨스토이의 삶에서 대립적인 것들이 이처럼 뒤섞여 있는 것이 가까이 가면 죽음에 이르게 하기도 하고, 또 무의식중에 자신의 인생을 망치게 하기도 하는 '흑점'이 되는 이유는 톨스토이 작품 세계의 마지막 비밀인 그 흑점에 접근함에 따라 그의 마음에서 일종의 '폭발'이 일어났기 때문이라고 예리하게 지적한다. 또한 오직 톨스토이에게서만 이 천재성이라는 흑점이 찬란하고 은총 가득한 빛으로 광채를 낸다고 벨리는 생각한다. 톨스토이의 말년을 보면 벨리의 이 같은 주장이 옳았다는 것을 알 수 있다. 수많은 평론가들이 이 시기 톨스토이의 '절필'이 가지는 의미에 주목한다. "톨스토이라는 인물의 빛이 관통하는 예술활동의 중심은 종교적 창작의 주변부임을 영원히 불가역적으로 우리에게 보여주었다. 끝이 시작이었던 셈이었다. 그리고 그의 마지막 창작 행위는 그의 첫 번째 종교적 행동이다. 그것은 러시아 땅 위에 떠오르는 삶의 태양에서 발하는 첫 번째 빛인 것이다."[13] 톨스토이 삶의 비극적 최후는 그의 마지막 인생 행적이라고 지칭된다.

톨스토이의 종교 윤리적 가르침이 철학과 문화 역사 전반에서 가장 상반된 평가를 받긴 했지만, 그의 성품에 대해서는 다르다. 톨스토이의 성품을 의미심장하게 소개했던 동시대인들의 말을 필자가 자주 언급한 것도 바로 그 때문이었다. 이번 톨스토이 서거 100주년을 맞아 나는 톨스토이가 세상을 떠났을 때 당대 사람들이 무엇을 느꼈는지 전해주고 싶었다. 이것을 앎으로써 우리는 당대 사람들과 우리 조국의 고통을 공유할 수 있으며, 동시에 우리 조국이 선과 사랑을 더 오래도록 지켜나가리라는 확신을 공유할 수 있다. 톨스토이의 이름을 걸고 우리는 오늘날 이것을 이야기해야 한다.

참고문헌

1. 안드레이 벨리. 문학계의 비극 // 러시아 레프 톨스토이 사상가들. 툴라, 2002. С. 259.
2. 불가코프, S. N. 레프 니콜라예비치 톨스토이 // 러시아 레프 톨스토이 사상가들. 툴라, 2002. С. 293.
3. 톨스토이 L. N. полн. собр. соч. 90권 М., 1928-1958. 74권 16-17면
4. 같은 책, 76권 75면
5. 같은 책, 55권 156-157면
6. 같은 책, 23권 10면
7. 같은 책, 304면
8. 같은 책, 35면
9. 79권 155면
10. 마르도프 I. B. 삶의 최정상의 레프 톨스토이 М., 2003. 9면
11. 불가코프 S. N. Указ. соч. 293면
12. 벨리 A. Указ. соч. 284면
13. 같은 책, 285면

레프 톨스토이 연보

1828년 8월 28일, 니콜라이 일리이치 톨스토이 백작과 마리야 니콜라예브나 톨스타야 백작 부인의 5남매 중 넷째 아들로 태어남. 아버지 니콜라이 일리이치는 퇴역 중령, 어머니 마리야 니콜라예브나는 볼콘스키 공작 집안 출신이었으며, 형 니콜라이, 세르게이, 드미트리가 있었음. 태어난 다음날 성 니콜라이 성당에서 벨료프 지방의 지주 S.I.야지코프와 펠라게야 니콜라예브나 톨스타야 백작 부인을 대부모로 세례를 받음.

1830년(2세) 8월, 어머니 마리야 니콜라예브나, 여동생 마리야 출산 직후 죽음. 톨스토이는 어머니를 기억하지 못했으나, 그의 의식 속에 '숭고한 이상형'으로 남아 훗날 「전쟁과 평화」의 공작영애 마리야의 원형이 됨.

1833년(5세)	푸쉬킨의 시 「바다에」와 「나폴레옹」을 암송하여 아버지를 감동시킴. 형들과 함께 손으로 쓴 잡지 「아이들의 놀이」를 만듦.
1835년(7세)	형 니콜라이로부터 전쟁도 질병도 죽음도 없고 모든 사람이 개미 형제가 되는 행복한 세상을 가져온다는 '푸른 지팡이'의 전설을 들음. 형들과 함께 집 안에 작은 천막을 치고 '개미 형제' 놀이에 열중함.
1837년(9세)	1월, 톨스토이 집안, 모스크바로 이사. 6월, 아버지 니콜라이 일리이치가 툴라에서 급사. 고모인 A.I.오스텐 사켄 부인과 S.I.야지코프가 남은 아이들의 후견인이 됨. 매우 종교적이었던 오스텐 사켄 부인을 대신해 T.A.요르골스카야 부인이 아이들을 직접 양육함. 형들과 함께 손으로 쓴 잡지 「아이들의 도서관」을 만듦.
1838년(10세)	5월, 할머니 펠라게야 니콜라예브나 죽음. 펠라게야 톨스타야는 훗날 「유년시절」과 「소년시절」에 등장하는 할머니와 「전쟁과 평화」 속 로스토바 백작 부인의 원형이 됨. 7월, 톨스토이 집안의 아이들과 요르골스카야 부인, 야스나야 폴랴나로 이사. 12월, 야스나야 폴랴나에서 형들과 함께 가족을 위한 연극을 공연함.
1839년(11세)	8월, 맏형 니콜라이가 모스크바 대학에 입학하자 요르골스카야 부인과 함께 모스크바로 이사. 가을과 겨울은 야스나야 폴랴나에서 보냄.
1840년(12세)	문학에 심취하여 러시아어와 프랑스어로 시와 우화 등을 씀. 7월, 야스나야 폴랴나에서 요르골스카야 부인의 명명일을 기념하여 부인에게 프랑스어로 편지를 씀. 이 편지가 지금까지 전해지는 레프 톨스토이의 서간 중 가장 오래된 것임.
1841년(13세)	8월, 후견인이었던 오스텐 사켄 부인이 옵티나 수도원에서 죽음. 톨스토이가 부인의 비문을 씀. 새로운 후견인이 된 고모 펠라게야 일리이니쉬나 유쉬코바가 살고 있는 카잔으로 형제와 함께 이사.

1844년(16세)	9월, 카잔대학교 동양어대학 아랍·터키어과에 입학. 이후 사교계에 출입하며 방탕한 생활을 함.
1845년(17세)	진급시험에 떨어져 법학대학으로 재입학.
1846년(18세)	1월, 잦은 결석으로 교내 감옥에 갇힘. 5월, 진급시험을 통과하여 2학년에 진급함. 가을, 형들과 함께 후견인의 집에서 독립.
1847년(19세)	철학에 심취하여 「장 자크 루소의 사상에 대한 철학적 고찰」, 「철학의 목적에 관하여」 등의 글을 씀. 3월, 일기를 쓰기 시작함. 몽테스키외의 「법의 정신」과 예카테리나 여제의 「훈령」 비교 연구. 4월, 야스나야 폴랴나에서 독학과 농업에 전념하기 위해 카잔대학교를 중퇴함. 5월, 야스나야 폴랴나로 이사하여 여름을 보냄.
1848년(20세)	가을과 겨울을 모스크바에서 보내며 방탕한 생활을 이어감.
1849년(21세)	2월, 페테르부르크 대학 입학을 위해 페테르부르크로 이사함. 4월, 페테르부르크 대학교에서 법학사 자격 시험을 치러 두 과목 합격. 보로틴카 마을과 숲을 팔아 모스크바와 페테르부르크 생활에서 진 빚을 갚음. 5월, 페테르부르크 대학 입학을 포기함. 입대하여 헝가리로 가려고 했으나 형 세르게이의 충고로 포기하고 야스나야 폴랴나로 돌아옴. 여름, 농민의 아이들을 위한 학교를 개설함. 11월, 툴라 주 귀족위원회의 사무직을 맡음
1850년(22세)	겨울, 여러 지역을 여행하며 친지들을 만남. 여름, 야스나야 폴랴나에서 영지 경영에 전념하며 몽테스키외를 읽고 음악에 빠져듦. 훗날 「지주의 아침」에서 이 시기의 일을 그림. 12월, 모스크바에서 사교계를 드나들며 「브라쥐롱 자작」, 「루이 14세와 그의 시대」 등 A. 뒤마의 소설을 읽고 '소설을 읽지 말 것'이라는 일기를 남김. 「유년시절」을 쓰기 시작함. 사교계에서의 처세술과 카드놀이 하는 방법 등을 일기에 남김.

1851년(23세) 3월, 「유년시절」과 「어제의 이야기」 집필. 벤자민 프랭클린을 본받아 매일 일기를 쓰기 시작함. 4월, 맏형 니콜라이가 있는 카프카스로 가 함께 카잔, 사라토프, 아스트라한 등을 여행함. 5월 스타로글라드콥스카야 마을에 도착함. 이 마을은 훗날 「카자크 인」에서 노보블린스카야 마을로 그려짐. 6월, 로렌스 스턴의 「풍류 여정기」를 러시아어로 옮기기 시작함. A.I.바랴틴스키 공작이 지휘한 체첸 마을 습격에 의용병으로 참전. 이때의 경험이 「습격. 의용병의 이야기」(1852)로 그려짐. 8월, 스타로글라드콥스카야 마을로 돌아와 「유년시절」 집필. 10월, 형 니콜라이와 함께 티플리스(현 트빌리시)로 돌아옴. 11월~12월, 요양을 하며 「유년시절」 1부를 완성함. 12월, 20 포병연대에 자원.

1852년(24세) 1월, 사관후보생 시험을 치러 4급 포병 하사관으로 편입. 2월, 미스키르-유르트 전투에 참가했다 탄환에 맞아 중상을 입음. 3월~4월, 스타로글라드콥스카야에서 「유년시절」을 집필하며 D.V.그리고로비치의 소설들을 읽음. 5~8월, 병의 치료를 위해 퍄티고르스크에 머물며 「유년시절」, 「습격」을 집필하고, 소설 「러시아 지주의 이야기」를 구상함. 7월, N.A.네크라소프에게 「유년시절」의 원고를 보냄. 9월, 잡지 「동시대인」에 「나의 유년시절 이야기」가 실림. 12월, 「습격」을 탈고하고 잡지 「동시대인」에 보냄.

1853년(25세) 1~3월, 체첸 토벌에 참가. 2월, 카치칼리콥스키 산(山) 전투에서 무공을 세움. 3월, 잡지 「동시대인」에 「습격」이 실림. 스타로글라드콥스카야에 머물며 「크리스마스 이브」와 「소년시절」에 착수함. 5월, 전역을 요청함. 7~10월, 젤레즈노, 키슬로보츠크 등을 돌아보며 「소년시절」, 「카자크 인」, 「득점기록원의 수기」 등을 집필함. 가을~겨울, 러시아-터키 전쟁 발발로 인해 전역 요청이 거부되자 S.D.고르차코프 공작에게 도나우 파견군으로의 발령을 요청함. N.M.카람진의 「러시아 역사」와 N.G.우스트럇로프의 「러시아사」를 읽음.

1854년(26세) 1월, 소위보로 임명됨. 도나우 파견군 12 포병연대 4중대로 발령남. 2월, 야스나야 폴랴나로 돌아와 부임을 준비하며 유언장을 작성함. 3월, 부하레스트에 도착하여 포병부대와 함께 몰다비아, 발라히야, 베사라비야의 여러 지역에 머묾. 7월, 두 차례에 걸쳐 크림 반도 파견군으로의 발령을 요청함. 9~10월, 장교들과 함께 사병 교육과 계몽을 위한 조직을 만들기로 함. 이것이 사병을 위한 잡지 발간 계획으로 발전하였으나 황제의 금지로 실현되지 못함. 10월, 잡지 「동시대인」에 「소년시절」이 실림. 11월, 세바스토폴에 도착. 겨울, 심페로폴에 주둔하며 전투에 참가함.

1855년(27세) 1월, 잡지 「동시대인」에 「득점기록원의 수기」가 발표됨. 3월, 훗날 러시아정교로부터 파문을 당하게 된 톨스토이 종교관의 원형을 볼 수 있는 글을 일기에 남김. 6월, 잡지 「동시대인」에 「12월의 세바스토폴」이 실림. 9월, 잡지 「동시대인」에 「삼림벌채」와 「5월의 세바스토폴」이 실림. 10월, 곧바로 전역하여 문학 활동에 전념하기를 권하는 I.S.투르게네프의 첫 편지를 받음. 11월, 페테르부르크로 가 투르게네프, 곤차로프, 네크라소프, 튜체프 등의 열렬한 환영을 받음. 12월, A.A.페트와 친분이 시작됨.

1856년(28세) 1월, 휴가를 받아 모스크바로 감. 형 드미트리 죽음. 잡지 「동시대인」에 「1855년 8월의 세바스토폴」 발표. 2~5월, A.N.오스트롭스키, S.T.악사코프, K.S.악사코프 등과 교류함. 투르게네프와 논쟁 후 화해. 3월, 11개월 간의 휴가를 요청함. 1855년 8월 4일 쵸르나야 레치카 유역 전투에서 세운 무공을 인정받아 중위로 진급됨. 잡지 「동시대인」에 「눈보라」 발표. 4월, 야스나야 폴랴나 농노 해방 계획을 세움. 5월, 잡지 「동시대인」에 「두 경기병」 발표. 내무성 장관 A.I.레프쉰에게 야스나야 폴랴나 농노 해방 계획서를 보냄. 6~10월, 야스나야 폴랴나에 머물며 농노들에게 농노 해방 계획을 설명하고 설득하였으나 실패로 돌아감. 「홀스토메르」, 「카자크 인」, 「청년시절」, 「먼 들」을 집필함. 11월~1857년 1월, 페테르부르크에 머물며 「강등병」, 「자유로운 사랑」, 「러시아 지주의 이야기」, 「지주의 아침」, 「알베르트」, 「청년시절」 등을 집필함. 군대에서 퇴역. 12월, 잡지 「도서관」에 「강등병」이, 잡지 「조국수기」에 「지주의 아침」이 실림.

1857년(29세) 1월, 잡지 「동시대인」에 「청년시절」 발표. 1~7월, 프랑스, 스위스, 이탈리아, 독일 등지를 여행함. 8월, 야스나야 폴랴나에 돌아와 「카자크 인」, 「알베르트」를 집필. 9월, 잡지 「동시대인」에 「루체른」 발표. 11~12월, 모스크바와 야스나야 폴랴나를 오가며 「카자크 인」, 「알베르트」, 「세 죽음」, 「부활절」 등을 집필.

1858년(30세) 3월, 페테르부르크로 가 네크라소프에게 「알베르트」 원고를 전달함. 3~4월, 모스크바에서 「부활절」을 집필. 6~8월, 농사에 전념함. 잡지 「동시대인」에 「알베르트」가 실림. 9월, 농노의 삶을 개선하기 위한 툴라 주 위원회의 위원을 선출하기 위한 귀족 회의에 참가.

1859년(31세) 1월, 잡지 「도서관」에 「세 죽음」 발표. 러시아 문학애호가협회 회원이 됨. 1~2월 「결혼의 행복」 집필. 5월, 야스나야 폴랴나의 저택을 수리. 「러시아 통보」에 「결혼의 행복」 발표. 11월, 야스나야 폴랴나에 농민의 아이들을 위한 학교를 세우고 교육에 전념함.

1860년(32세) 야스나야 폴랴나에서 농민 아동 교육에 전념함. 3월, 교육에 관한 최초의 글 「교육에 관한 수기와 자료」를 쓰고, 당시 계몽성 장관이었던 E.P.코발렙스키에게 민중 교육을 위한 기구의 창설과 교육 잡지의 창간을 요청함. 교육 기구 창설은 거부되었으나, 교육 잡지는 「야스나야 폴랴나」라는 이름으로 1862년에 톨스토이가 직접 발간함. 7월, 두번째 유럽 여행을 떠나 독일, 스위스, 프랑스와 영국을 돌아보며 교육 제도를 시찰함. 8~9월, 위독한 상태의 맏형 니콜라이와 함께 프랑스에 머물며 민중 교육에 대한 글들을 씀. 9월 20일, 맏형 니콜라이가 결핵으로 죽음. 가을, 플로렌스에서 데카브리스트 S.G.볼콘스키와 친분을 나눔. 볼콘스키는 훗날 미완작 「데카브리스트」의 피에르 라바조프의 원형이 됨. 런던에서 A.I.게르첸과 교류하며 찰스 디킨스의 교육 강의를 들음. 「카자크 인」, 「이딜리야」, 「티혼과 말라니야」 등을 집필.

1861년(33세) 4월, 페테르부르크로 돌아와 주일학교들을 돌아보고 계몽성 장관 코발렙스키에게 교육 잡지 「야스나야 폴랴나」의 창간을 요청함. 5

월, 야스나야 폴랴나로 돌아와 지주와 농민 간의 분쟁 조정위원으로 위촉됨. 8월, 톨스토이가 농민들의 편에 선다는 이유로 귀족들이 크라피브나 귀족단장에게 탄원서를 보냄. 10~11월, 농민들의 요청에 따라 크라피브나 지방에 12개 학교를 개설함.

1862년(34세) 봄, 야스나야 폴랴나와 모스크바를 오가며 잡지 「야스나야 폴랴나」 발간에 전념함. 「민중 교육의 의미」, 「교육자의 사명」, 「교육과 양육」, 「누가 누구에게 글을 배워야 할 것인가, 농민의 아이들이 우리에게 배워야 하는가, 우리가 농민의 아이들에게 배워야 하는가」 등의 글을 씀. 자신의 미르 안에 새 학교들을 개설함. 농민들 편에 섰다는 이유로 지역 귀족들의 반대에 부딪혀 분쟁조정위원직에서 물러남. 5월, 제자 V.모로조프, E.체르노프 등과 함께 사마라 지역으로 마유(馬乳) 요양을 떠남. 7월, 톨스토이의 부재를 틈타 헌병들이 야스나야 폴랴나를 수색함. 8월, L.A.베르스가 딸들과 함께 머물던 A.M.이슬레니예프 영지를 방문함. 소피야 베르스에게 알파벳 이니셜을 이용한 고백을 함. 훗날 이 에피소드는 「안나 카레니나」에서 레빈이 키티에게 사랑을 고백하는 장면으로 삽입됨. 베르스 일가가 모스크바로 떠나자 함께 가 모스크바에 머물며 매일 베르스 일가와 만남. 잡지 「야스나야 폴랴나」를 위한 글들을 집필. 알렉산드르 2세에게 가택 수색을 항의하는 서간을 보냄. 9월, 크레믈의 성모탄생성당에서 소피야 안드레예브나 베르스(당시 18세)와 결혼. 10~12월, 「카자크 인」, 「폴리쿠쉬카」, 「티혼과 말라니야」 등을 집필.

1863년(35세) 1월, 잡지 「야스나야 폴랴나」 정간. 2월, 아내와 함께 야스나야 폴랴나로 돌아옴. 잡지 「러시아 통보」에 「카자크 인」 발표. 3월, 잡지 「러시아 통보」에 「폴리쿠쉬카」 발표. 3~4월 「홀스토메르」 집필. 6월, 맏아들 세르게이 태어남. 「전쟁과 평화」 착수. 희극 「감염된 가족」을 집필.

1864년(36세) 1월, 「감염된 가족」 탈고. 2월, 「감염된 가족」의 공연을 위해 모스크바 말르이 극장을 방문함. 8월, 「L.N.톨스토이 백작 작품집」 1권이 발간됨. 10월, 맏딸 타티야나 태어남. 11~12월, 사냥 중에

팔이 부러져 모스크바에서 치료. 잡지「러시아 통보」에 소설「1805년」의 1,2부 원고를 보냄.

1865년(37세) 1~2월, 잡지「러시아 통보」에 소설「1805년」의 1부가 실림. 3월,「L.N.톨스토이 백작 작품집」2권이 발간됨. 여름, 농사에 전념함. 가을~겨울,「1805년」,「먼 들」을 집필.

1866년(38세) 1~3월, 모스크바에 머물며 소설「전쟁과 평화」를 위해 자료를 수집함. 봄, 잡지「러시아 통보」에 소설「1805년」의 2부가 실림. 5월, 둘째 아들 일리야 태어남. 여름, 희극「니힐리스트」탈고. 10월, 원로회에 의해 명예 중재위원으로 위촉됨. 11월, 모스크바에서 M.N.카트코프와「1805년」3부의 출판에 대해 논의. 가족과 함께 야스나야 폴랴나에서 겨울을 보내며「1805년」집필.

1867년(39세) 야스나야 폴랴나에 머물며,「전쟁과 평화」발간을 위해 모스크바를 왕래함. 3월, 카트코프의 인쇄소에서「전쟁과 평화」라는 제목으로 자비출판하기로 하였으나 성사되지 않음. 9월,「전쟁과 평화」의 집필을 위해 보로지노의 옛 싸움터 방문. 12월, F.F.리스의 인쇄소에서「전쟁과 평화」1~3권 출판.

1868년(40세) 3월, 잡지「러시아 서고」에「전쟁과 평화에 관한 몇 가지 이야기」를 발표.「전쟁과 평화」제4권 발간. 9월,「아즈부카(교과서)」초고 집필.

1869년(41세) 1월,「전쟁과 평화」집필. 2월,「전쟁과 평화」제5권 발간. 5월, 3남 레프 탄생. 5~8월, 쇼펜하우어와 칸트의 저작에 심취함. 9월, 일리노 영지를 구입하기 위해 니즈니 노브고로드, 사란스크, 아르자마스를 거쳐 펜자 주로 감. 이때 톨스토이가 아르자마스 시의 호텔에서 처음 경험한 죽음의 공포는 훗날「어느 광인의 수기」에 투영되었으며, '아르자마스의 공포'라고 불리는 이 경험은 이후 톨스토이를 정신적인 격변과 '회심'으로 이끌었음. 12월,「전쟁과 평화」제6권 발간. 이 해에「크리스마스 트리」,「수줍음이 많은 청년에 관한 농담」,「오아시스」,「아내를 죽인 자」등의 작품에 착수하였으나 대부분 미완으로 남음.

1870년(42세) 1~2월, 셰익스피어, 괴테, 몰리에르, 푸쉬킨, 고골 등을 탐독함. 2월, 표트르 1세에 관한 소설에 착수. 2월, 아내 소피야 톨스타야에게 안나 카레니나의 원형이 될 여성상에 대해 이야기함. 5월, 툴라 지방법원의 출장 재판에 배심원으로 참석. 여름, 농사에 전념함. 11월, 표트르 1세에 관한 소설을 집필. 12월, 고대그리스어 공부에 열중함.

1871년(43세) 1~5월, 고대그리스어 공부에 열중. 열병과 복통을 호소함. 2월, 둘째 딸 마리야 태어남. 6월, 마유 요양을 위해 사마라 주로 감. 8월, 야스나야 폴랴나로 돌아와「아즈부카(교과서)」를 집필. 12월,「아즈부카」1부 간행.

1872년(44세) 1~5월,「아즈부카(교과서)」집필. 1~4월, 아내 소피야와 큰 아이들(세르게이와 타티야나)과 함께 농민 아이들을 가르침. 2월, 표트르 1세에 관한 소설에 다시 착수함. 3월,「카프카스의 포로」집필. 4월, 잡지「담화」에「신은 진실을 보나, 바로 말해 주지 않는다」가 실림. 5월, 잡지「노을」에「카프카스의 포로」가 실림. 6월, 4남 표트르 탄생. 9월, 황소를 죽게 한 목동의 죽음에 대한 법적 책임 문제로 가택 연금을 당함. 이 일을 계기로 영국 이민을 계획하였으나, 툴라 지방법원장의 사과 서한을 받고 철회함. 10월, 표트르 1세에 관한 소설의 집필을 계속함.

1873년(45세) 1~2월, 표트르 1세에 관한 소설을 집필. P.D.골로흐바스토프, V.K.이스토민에게 표트르 1세 치하에 관한 자료와 책들을 요청하는 서한을 보냄. 3월,「안나 카레니나」착수. 5월, 전 8권의 작품집에 들어갈「전쟁과 평화」원고 수정. 6~8월, 가족과 함께 사마라 주의 영지로 가 빈민 구제 사업에 전념함. 9월, I.N.크람스코이가 야스나야 폴랴나로 와 톨스토이의 초상화를 그림. 10월, 민중 학교의 교사들이 야스나야 폴랴나에 모여 톨스토이가 제안한 어문 교육법에 대해 토의함. 11월, 아들 표트르가 크루프로 죽음.

「L.N.톨스토이 백작 작품집」 전8권 간행. 12월, 학술원 러시아어 문학부의 회원이 됨.

1874년(46세) 4월, 5남 니콜라이 탄생. 4~5월, 「농촌 학교를 위한 문법교과서」와 「민중 교육에 관하여」를 집필. 6월, 교육 관련 저술 활동으로 인해 「안나 카레니나」 단독 출판이 연기됨. 타티야나 요르골스카야 죽음. 가을, 교과서 집필과 교육 사업에 전념함. 11월, 「안나 카레니나」의 단독 출간이 완전히 중단됨. 11~12월, 「새 아즈부카(교과서)」 집필. 12월, M.N.카트코프에게 서한을 보내 「안나 카레니나」를 잡지 「러시아 통보」에 연재하기로 함.

1875년(47세) 1~5월, 잡지 「러시아 통보」에 「안나 카레니나」 첫 3부가 연재됨. 2월, 5남 니콜라이 죽음. 5월, 「새 아즈부카(교과서)」 간행. 11월, 딸 바르바라가 태어나자마자 죽음. 「러시아 독본」 전 4권 출간. 가을~겨울, 「안나 카레니나」, 「고행자 유스티니아누스의 삶과 고난」, 「그리스도교의 의미」, 「시간과 공간을 초월한 삶에 관하여」 등의 집필에 전념함. 12월, P.I.유쉬코바가 야스나야 폴랴나에서 죽음.

1876년(48세) 겨울, 「안나 카레니나」의 집필에 전념. 2~4월, 잡지 「러시아 통보」에 「안나 카레니나」 3~5부가 연재됨. 여름, 바이올리니스트 I.M.나고르노프, T.A.쿠즈민스카야 등이 야스나야 폴랴나를 찾아옴. 나고르노프의 연주 중 특히 크로이처 소나타에 열광함. 10월, 툴라 주 귀족회의에서 지원을 받아 야스나야 폴랴나에 사범학교를 건립하고자 했으나 성사되지 않음. 11월, 러시아-터키 전쟁이 임박했다는 소식을 듣고 자세히 알아보러 모스크바에 감. 이때 세르비아로 떠나는 러시아 자원병들의 모습이 「안나 카레니나」 후반부에 그려짐. 12월, 잡지 「러시아 통보」에 「안나 카레니나」 원고를 전달하기 위해 모스크바에 감. N.G.루빈쉬테인이 톨스토이를 위해 연 음악회에서 P.I.차이콥스키와 알게 됨. 이 무렵부터 종교 문제에 열중하기 시작함.

1877년(49세) 겨울, 이주민을 다룬 문학 작품을 구상함. 「종교의 정의」, 「그리스도교 교리문답」에 착수. 2~5월, 잡지 「러시아 통보」에 「안나 카레니나」 6~7부 연재. 6월, 「안나 카레니나」 8부의 전쟁 장면들에 관한 의견 대립으로 「러시아 통보」 5호에는 8부의 요약본이 게재됨. 7월, 「안나 카레니나」 8부 단독 출간. 8~9월, 전 4권의 「슬라브 독본」 출간. 9월, 툴라 주 행정위원회 서기장과 크라피브나 자치회 의원, 교육위원회와 여자 김나지움 감독위원회, 노역의무 면제위원회, 민병 및 예비군 가정 지원 의원회 등의 회원으로 위촉됨. 12월, 6남 안드레이 탄생. 툴라 실업학교의 명예 후견인으로 위촉됨.

1878년(50세) 겨울, 데카브리스트에 관한 소설을 쓰기 위해 모스크바와 페테르부르크에 가 데카브리스트와 그 가족들을 만나고 자료를 수집함. 4월, 1861년 불화 이후 왕래하지 않았던 투르게네프에게 서한을 보내 화해를 청함. 5월, 「신앙에 관한 논쟁」, 「나의 삶」 등을 집필. 8월과 9월, 투르게네프가 야스나야 폴랴나를 방문함. 9~12월, 소설 「데카브리스트」 집필.

1879년(51세) 1~3월, 「데카브리스트」 집필. 미완작 「수고하며 무거운 짐 진 자들」 초고 집필. 1월, A.A.톨스타야를 통해 데카브리스트 자료 열람을 위한 제3부 기록보관소 방문을 요청하였다가 거절당함. 봄, 사순절 금식을 엄격히 지키고 매일 저녁 복음서를 읽음. 3월, 모스크바에 있는 법무성 기록보관소에 18세기 자료 열람을 요청하였다가 거절당함. 4월, 외무성 장관 N.K.기르스에게 서한을 보내 모스크바와 페테르부르크의 기록보관소 열람을 요청하여 5월에 승낙을 받음. 6월, 키예프에 있는 키예프-페체르스키 수도원을 방문함. 10~12월, 철학적 종교적 사상의 격변기를 겪음('회심'). 12월, 7남 미하일 탄생.

1880년(52세) 1월, 모스크바에서 작품집의 재발간에 착수하여 F.I.살라예프에게 출판권을 넘겨 줌. 1~2월 「참회록」, 「교리신학비판」 집필. 3월, 「4대 복음서의 통합, 번역, 연구」 착수. 4~7월, 「L.N.톨스토이 백작 작품집」 전 11권 발간. 6월, 모스크바의 푸쉬킨 동상 제막식에 불참. 10월, 아이들의 가정교사를 찾기 위해 모스크바에 감. I.E.레판과 알게 됨. 11~12월, 「4대 복음서의 통합, 번역, 연구」 집필에 전념함. 아내 소피야 톨스타야와의 불화가 심해짐.

1881년(53세) 1월, 민화 「사람은 무엇으로 사는가」, 「세 아들」 집필. 2월, 도스토옙스키의 부고를 접하고 매우 슬퍼함. 3월, 알렉산드르 2세를 살해한 '민중의 의지' 당 소속 혁명가들에게 내려진 사형 선고를 철회해 줄 것을 청원하는 서한을 황제 알렉산드르 3세에게 보냄. 6월, S.P.아르부조프, D.F.비노그라도프와 함께 옵티나 수도원까지 걸어서 순례함. 7월, 전 지방법원 위원 I.I.메치니코프가 죽음. 메치니코프의 병과 죽음은 훗날 「이반 일리이치의 죽음」의 모티브가 됨. 영지 경영과 마유 요양을 위해 아들 세르게이와 함께 사마라의 영지에 다녀옴. 10월, 8남 알렉세이 탄생.

1882년(54세) 1월, 신문 「현대 통보」에 「모스크바 총인구조사에 관하여」를 기고. 「이제 무엇을 할 것인가」에 착수. 모스크바 총인구조사에 참가. 1~4월, 잡지 「예술 잡지」의 편집장 N.A.알렉산드로프에게 보내는 서간 형식으로 예술에 관한 일련의 기고문을 집필함. 4월, 「참회록」을 탈고하여 잡지 「러시아 사상」에 발표. 7월, 「참회록」이 출판 금지되었다는 기사가 신문 「목소리」에 실림. 돌고하모브니키 거리에 있는 집을 구입함(훗날 톨스토이 박물관이 됨). 10~11월, 성서 연구를 위해 히브리어를 공부. 12월, 「한 마을에 독실한 이가 있었네」 착수.

1883년(55세) 1~3월, 모스크바에서 「나의 신앙은 무엇에 있는가」 집필. 4월, 야스나야 폴랴나 저택 화재. 5월, 아내 소피야 톨스타야에게 재산 관리를 일임함. 6월, 투르게네프가 죽기 전 마지막 서한을 보내 톨스토이를 '러시아 땅의 위대한 작가'로 일컬으며 순수 문학 활동에 전념해 달라고 요청함. 7월, 톨스토이가 농민들과 어울리며 평등 사상을 주입하고 교회를 장식하는 것은 어리석은 일이라고 설파한다는 밀고가 사마라 주 헌병대장에게 들어옴. 9월, 종교적 신념에 반한다는 이유로 지방법원의 배심원직을 사임함. 10월, V.G.체르트코프와 알게 됨. 이후 체르트코프는 톨스토이의 가장 가까운 친구이자 동료가 됨.

1884년(56세) 「이제 무엇을 할 것인가」, 「이반 일리이치의 죽음」 집필. 「어느 광인의 수기」, 「불은 놓아 두면 끄지 못한다」 구상. 1월, 화가 게, 톨스토이 초상화 그림. 2월, 인쇄 중이던 「나의 신앙은 무엇에 있는가」가 '비도덕적이며, 그리스도교의 가르침에 어긋난다'는 이유로 당국에 압수. 3월, 아내와의 불화, 가족 내 소외감을 토로하는 일기를 남김. 6월, 아내와의 말다툼 후 가출을 시도하였으나 임신 중인 아내를 생각하여 곧 돌아옴. 3녀 알렉산드라 탄생. 9월, A.N.오스트롭스키, I.A.곤차로프와 함께 키예프 대학의 명예위원으로 위촉됨. 11월, V.G.체르트코프 등과 함께 민중을 위한 출판사 '중개인'을 설립함.

1885년(57세) 소설 「홀스토메르」와 「이반 일리이치의 죽음」 집필. 민화 「불은 놓아 두면 끄지 못한다」, 「사랑이 있는 곳에 신이 있다」, 「소녀는 노인보다 지혜롭다」, 「일리야스」, 「바보 이반」 등을 집필함. 1월, 아내 소피야 톨스타야, 톨스토이 작품의 출판과 판매 관리를 시작함. 2월, 헨리 조지의 저서를 탐독함. '중개인'에 「형제와 황금」 원고를 넘김. 키시뇨프에서 톨스토이 사상에 영향을 받은 최초의 병역 거부자가 나옴. 10월, 「참회록」, 「요약복음서」, 「나의 신앙은 무엇에 있는가」가 체르트코프의 번역으로 런던에서 출판됨. 가족들은 모스크바로 가고 톨스토이만 야스나야 폴랴나에 남아 「이제 무엇을 할 것인가」를 집필. 12월, M.E.살티코프-셰드린에게 서한을 보내 '중개인'과의 협력을 요청.

1886년(58세) 「어둠의 힘」, 「문명의 열매」, 「빛이 있을 때 빛 속을 걸어라」, 「회개하는 죄인」, 「세 은수자」, 「달걀만한 씨앗」, 「사람에게 많은 땅이 필요한가」, 「빵 한 조각을 보상한 악마 이야기」, 「일꾼 예멜리얀과 빈북」, 「최초의 양조자」 등을 집필. 1월, 8남 알렉세이 죽음.

1887년(59세) 「빛이 있을 때 빛 속을 걸어라」, 「인생에 관하여」, 「수라트의 찻집」, 「지혜로운 여인」 등을 집필. 겨울, 육식을 금하고 채식주의를 설파함. 2월, '중개인'에서 희곡 「어둠의 힘」이 출간되었으나 당국에 의해 공연 금지됨. 2월, P.I.비류코프와 함께 '중개인'에서 출판할 「새 요약 아즈부카(교과서)」를 집필. 여름, 농사에 전념하며 「인생에 관하여」를 수정·집필함. 4월, 톨스토이를 찾아온 배우 V.N.안드레예프-부를락이 기차 안에서 어떤 사람에게 들은 아내의 부정 이야기를 전함. 이 이야기가 「크로이처 소나타」의 모티브가 됨. 7월, 「인생에 관하여」 탈고, 비류코프를 통해 원고를 전달함.

1888년(60세) 1월, 희곡 「어둠의 힘」이 프랑스 파리에서 초연됨. 「인생에 관하여」가 발간 금지되어 전량 압수됨. 톨스토이가 서문을 쓴 T.M.본다레프의 「농민의 축제」가 발간 금지됨. 2월, I.E.레핀과 N.N.게에게 서한을 보내 '중개인'에서 출판할 도서를 위한 일러스트를 그려 달라고 요청함. 5월, A.F.코니에게 서한을 보내 로잘리 오니와 유혹자에 대한 그의 이야기를 작품 소재로 사용할 수 있게 해 달라고 요청함. 이 이야기가 훗날 「부활」의 모티브가 됨. 검열당국에 의해 「매일을 위한 명언집」이 발간 금지됨. 5~6월, 딸들과 함께 농사일에 전념함. 6월, 여농(女農) 아브도티야 코필로바에게 오두막을 세워 줌.

1889년(61세) 1~2월, 「악마」, 「문명의 열매」, 「예술에 대하여」, 「Carthago delenda est」 등을 집필. 「부활」에 착수. 3월, 조각가 K.A.클로트의 「밭에서의 톨스토이」를 위해 모델을 해 줌. 아내 소피야 톨스타야의 번역으로 「인생에 관하여」의 프랑스어판이 나옴. 4~5월, 「크로이처 소나타」 집필. 잡지 「러시아의 자산」에 실릴 「예술에 관하여」 원고를 교정함. 12월, 야스나야 폴랴나 저택에서 「문명의 열매」 공연.

1890년(62세) 「부활」, 「문명의 열매」, 「세르기 신부」, 「크로이처 소나타 에필로그」, 「왜 스스로를 마취시키는가」, 「하느님의 나라는 우리 안에 있다」(무저항에 관한 글) 등을 집필. 1월, 연극 애호가들에 의해 페테르부르크에서 「어둠의 힘」 러시아 초연. 3월, 톨스토이 작품집 13권에 포함된 「크로이처 소나타」가 내무성 장관 I.N.두르노보에 의해 발간 금지됨. 4월, 연극 애호가들에 의해 툴라에서 「문명의 열매」 초연. 6월, 모든 작품에 대한 저작권을 사회에 환원하겠다고 아내 소피야에게 선언함.

1891년(63세) 「세르기 신부」, 「굶주림에 관하여」, 「첫 걸음」, 「빛은 어둠 속에서도 빛난다」, 「하느님의 나라는 우리 안에 있다」 등을 집필. 1월, 「Contemporary Review」지에 「왜 스스로를 마취시키는가」의 영역본이 게재됨. 3월, 「Review of Review」지에 「니콜라이 팔킨」의 영역본이 게재됨. 「어머니」(「어머니의 일기」) 착수. 4월, 아내 소피야가 출판 금지되었던 「크로이처 소나타」의 발간 허가를 얻어 냄. 5월, 제네바에서 「교리신학연구」 출판. 6월, 1881년 이후 쓰인 저작에 대한 저작권 포기를 발표하려 하자 아내 소피야 톨스타야가 자살을 기도함. 9~11월, 중부 러시아의 대기근으로 고통받는 툴라와 랴잔 주의 농민 구제 활동에 전념. 「굶주림에 관하여」 집필. 10월, 「굶주림에 관하여」가 실린 잡지 「철학과 심리학의 제 문제」가 검열국에 의해 발행 금지됨. 12월, 「굶주리는 민중에 대한 도움」, 「일꾼 예멜리얀과 빈 북」, 「대기근으로 고통 받는 민중을 구제하는 방법에 관하여」가 실린 모음집 발간.

1892년(64세) 1월, 농민 구제 활동을 이어감. 잡지 「러시아 통보」에 대기근 피해자를 돕기 위해 모집된 후원금의 사용 내역을 게재. 「굶주리는 민중에 대한 도움」이 검열에 의해 많은 부분 삭제됨. 모스크바 말르이 극장에서 「문명의 열매」 공연. 7월, 톨스토이에게 속한 모든 부동산을 아내와 자식들에게 양도한다는 재산 분할 증서에 서명함.

1893년(65세) 1월, 잡지 「북방 통보」에 「수라트의 찻집」이 실림. 2~7월, 세 차례에 걸쳐 베기쳅카 지역을 돌아보며 빈민 구제 사업 현황을 시찰함. 11~12월, 「하느님의 나라는 우리 안에 있다」 탈고. 「부작위의 죄」, 「종교와 도덕」, 「그리스도교와 애국심」, 「세 가르침」 등을 집필함.

1894년(66세) 1월, 베를린에서 「하느님의 나라는 우리 안에 있다」가 러시아어로 출판됨. 모스크바 심리학회의 명예회원으로 선출됨. 5~12월, 「그리스도교의 가르침」 집필. 9월, 「주인과 일꾼」 집필. 11월, 스위스에서 출판된 「4대 복음서의 통합, 번역, 연구」가 러시아 내무성에 의해 국내 반입 금지됨. 12월, 두호보르파 신자들을 만남. 「젊은 황제의 꿈」 집필. 잡지 「북방 통보」에 톨스토이가 번역하고 서문을 단 폴 카루스의 「카르마」가 실림. 「종교와 도덕」 집필.

1895년(67세) 1월, 「부활」, 「교리문답서」(「그리스도교의 가르침」), 「부끄러워라」 등을 집필. 2월, 9남 이반 죽음. 3월, 자신의 작품에 대한 저작권 일체를 사회에 환원하겠다는 유언장을 일기에 남김. 8월, 러시아에서 벌어지고 있는 두호보르파 탄압에 대한 공개 서한을 언론사에 보냄. A.P.체호프가 처음으로 찾아옴. 10~11월, 「어둠의 힘」이 모스크바 말르이 극장 초연에서 기립박수를 받는 등 러시아 전역의 극장에서 공연되어 대성공을 거둠.

1896년(68세) 1~4월, 「부활」, 「빛은 어둠 속에서도 빛난다」, 「그리스도교의 가르침」, 「하느님인가 재물인가」 등을 집필. 4월, M.M.홀레빈스키라는 의사가 금서 조치된 톨스토이의 저작을 유포했다는 이유로 체포되자 내무성과 법무성 장관에게 서한을 보내, 독자가 아닌 자신을 체포하라고 청원함. 볼쇼이 극장에서 바그너의 오페라 「지그프리드」를 관람함. 이 오페라에 대한 감상이 「예술이란 무엇인가」의 13장에 삽입됨. 5~11월, 「애국심인가 평화인가」, 「다가오는 종말」, 「자유주의자들에게 보내는 서간」 등을 집필. 「하지 무라트」 착수. 11월, 1895년 주류 전매 제도를 도입한 재무성 장관으로부터 정부가 설립한 금주회 활동에 동참해 달라는 요청서를 받았으나 거절함. 병역거부 운동으로 인해 정부로부터 심한 탄압을 받고 있던 카프카스 지역 두호보르파 신자들을 돕기 위해 비류코프와 트레구보프, 체르뜨코프가 쓴 호소문 「도와주십시오!」에 에필로그를 씀.

1897년(69세) 1월, 「예술이란 무엇인가」 집필에 전념. 1895년 아들 이반의 죽음 이후 음악에 빠져 있던 아내 소피야와의 관계가 계속 악화됨. 2월, 호소문 「도와주십시오!」 작성을 이유로 국외 추방된 체르트코프와 비류코프, 트레구보프를 배웅하기 위해 페테르부르크에 다녀옴. 4월, 음악원에서 A.G.루빈쉬테인의 학생극 리허설을 관람함. 「예술이란 무엇인가」의 첫 장이 이 리허설에 대한 감상으로 시작함. 7월, 야스나야 폴랴나와 아내를 떠나겠다는 내용의 편지 두 통을 아내 소피야에게 보냄. 카잔에서 열린 '일치와 화합을 위한 제3회 전 러시아 선교사 총회'에서 톨스토이의 종교적 활동이 그리스도교와 국가 질서에 반하는 매우 위험한 사상으로 규정됨. 11~12월, 「예술이란 무엇인가」를 탈고하여 잡지 「철학과 심리학의 제 문제」에 보냄. 12월, 「살아 있는 시체」를 구상.

1898년(70세) 3월, 두호보르파 신자들에 대한 이주 지원을 호소하는 글을 잡지 「러시아 통보」와 「페테르부르크 통보」, 그리고 영국과 미국의 여러 언론사로 보냄. 4월, 두호보르파 신자들의 이주 지원금을 모집했다는 이유로 잡지 「러시아 통보」가 2개월간 정간 당함. 4~5월, 툴라와 오룔 주의 빈민 구제를 위해 활동. 「기근인가 기근이 아닌가」 집필. 6월, 3년간 집필을 멈췄던 「세르기 신부」의 집필을 재개. 「위조 쿠폰」과 「세 가지 질문」에 착수. 7월, 가출을 결심함. 8월, 탄생 70주년 기념 축하회가 열림. 세계 각지로부터 축전이 도착함. 9월, 「부활」 집필을 위해 오룔 주의 감옥들을 시찰함. 10월, 잡지 「니바」와 「부활」의 출판 계약을 체결함. 「부활」로 받은 인세 전액을 4천여 두호보르파 신자들의 캐나다 이주 자금으로 기부함.

1899년(71세) 3월, 잡지 「니바」에 「부활」 연재 시작. 여름~가을, 「부활」 집필에 전념함. 「우리 시대의 노예제도」에 착수.

1900년(72세) 1월, 학술원 문학부문 명예회원으로 위촉됨. 2~6월, 「애국심과 정부」, 「우리 시대의 노예제도」 탈고. 체르트코프에 의해 영국에서 출판됨. 3월, 신성종무원은 '레프 톨스토이 백작이 참회하지 않고 사망할 경우 모든 종류의 추모와 위령 예식을 금지한다'는 결정을 내리고, 관할 교구 내 모든 성직자들에게 이 같은 결정을 따르도록 명령하라는 비밀 서한을 전 교구에 내려 보냄. 5~6월, 가족과의 불화가 심해져 가출을 계획함. 농부가 된 네흘류도프의 삶을 그린 「부활」의 속편을 구상. 가을, 「진정 필요한 일인가」와 「출구는 어디에 있는가」, 「시체」(「살아 있는 시체」)를 집필. 11월, 농민 작가 M.P.노비코프의 「농민의 목소리」를 읽고 깊은 감동을 받음. 12월, 11명의 두호보르파 여신자들이 야쿠티야 주로 유형 간 가족들과 함께 살 수 있도록 러시아 귀국을 허락해 달라는 내용의 청원서를 니콜라이 2세에게 보냄. 자전적 희곡 「빛은 어둠 속에서도 빛난다」 집필.

1901년(73세) 2월, 정교회에서 파문. 파문의 결정적인 계기는 「부활」의 출판으로, 신성종무원은 톨스토이가 이 작품에서 성찬식을 신성 모독한 것으로 간주함. 종무원의 결정이 공표되자 러시아 사회 전체에 격한 논쟁이 벌어짐. 4월, 「종무원에 보내는 답신」을 작성하여 자신의 종교관과 신앙을 역설함. 7월, 빈민들과 같은 방식의 장례와 저작권 포기를 당부하는 유서를 작성함. 8~9월, 건강이 악화되어 담석산통과 심장 기능 저하, 열병을 앓음. 9월, 아내 소피야와 함께 크림 반도로 요양을 떠남. 10~12월, 「종교란 무엇이며 그 본질은 어디에 있는가」, 「유일한 방법」, 「하지 무라트」 등을 집필.

1902년(74세) 「신앙의 자유」, 「노동하는 민중에게」를 집필. 2월, 폐렴으로 위독한 상태에 빠짐. 아내 소피야, 교회의 품으로 돌아오도록 톨스토이를 설득하라는 안토니 대주교의 충고 서간을 받음. 4월, 장티푸스를 앓음. 6월, 아내와 함께 야스나야 폴랴나로 돌아옴. 7~9월, 「하지 무라트」, 「위조 쿠폰」, 「노동하는 민중에게」, 「성직자에게」, 「빛은 어둠 속에서도 빛난다」, 「지옥의 붕괴와 부흥」을 집필하고, 「회상」을 구술함. 12월, 감염과 독감으로 위독한 상태에 빠짐. 검열국, 톨스토이 사망 시 보도 통제를 언론에 지시함.

1903년(75세) 1월, 「매일 읽는 현자들의 사상」 집필. 5월, 「정치인들에게」를 탈고하여 체르트코프에게 보내 영국에서 발표함. 여름, 「하지 무라트」, 「회상」, 「아시리아 왕 아사르하돈」, 「무도회가 끝난 후」 등을 집필. 8월, '중개인'에서 「매일 읽는 현자들의 사상」 출간. 가을~겨울, 「셰익스피어와 희곡에 대하여」의 초고 집필. 「신의 것, 인간의 것」, 「위조 쿠폰」, 「필요한 단 하나의 것」 등을 집필.

1904년(76세) 러일전쟁에 반대하는 「각성하라」 기고. 「위조 쿠폰」, 「어둠 속의 빛」, 「필요한 단 하나의 것」, 「러시아의 사회 운동에 관하여」 등을 집필함. 1월, 「지혜의 달력」 착수. 아내 소피야가 톨스토이의 자필 원고들을 역사 박물관에 기증함. 2월, 아내 소피야가 회고록 「나의 삶」을 쓰기 시작함. 3월, A.A.톨스타야 죽음. 8월, 형 세르게이가 위독하다는 소식을 듣고 피로고보로 감. 형이 사제를 청해 병자성사를 받도록 톨스토이가 설득함. 12월, D.P.마코비츠키가 가

몽의 주치의로 야스나야 폴랴나에 옴.

1905년(77세) 1월, 체홉의 「귀여운 여인」 에필로그를 집필. 「코르네이 바실리예프」, 「알료샤 고르쇼크」, 「기도」, 「산딸기」, 「대죄」, 「세기 말」, 「세가지 거짓」, 「푸른 지팡이」 등을 집필. 「수도사 표도르 쿠지미치의 유고」 착수. 페테르부르크에서 있었던 '피의 일요일'에 대한 기사를 읽음. 2월, 모스크바에서 있었던 세르게이 알렉산드로비치 대공의 암살 소식을 듣고 큰 충격을 받음. 8월, '수도사 표도르 쿠지미치의 시선으로 본 알렉산드르 1세 이야기'를 집필하고 싶다는 희망을 마코비츠키에게 전함. 10월, V.V.스타소프에게 서간을 보내 '러시아에서 일어나고 있는 혁명 운동에 있어 민중의 편에 서고 싶다'는 의사를 표명함. 국민의 기본권과 시민적 자유를 약속한 니콜라이 2세의 칙령을 읽고 '민중을 위한 것은 아무것도 없다'고 실망함.

1906년(78세) 「무엇을 위하여」, 「꿈에서 본 것」, 「정부, 혁명가, 민중」, 「러시아 혁명의 의미」, 「무엇을 할 것인가」, 「자신을 믿어라」 등을 집필. 8월, 아내 소피야, 건강이 악화됨. 11월, 딸 마리야 오볼렌스카야 죽음.

1907년(79세) 1~4월, 「아동을 위한 그리스도의 가르침」 집필. 2월, 야스나야 폴랴나 농민 학교를 부활시킴. 3~5월, 「우리의 인생관」 집필. 4월, 「삼 세기」를 구상하였으나 집필에 착수하지 못함. 4~5월, 「그리스도교를 믿는 민족들, 특히 러시아 민족이 비참한 상황에 놓인 이유는 무엇인가」 집필. 5월, 아내 소피야의 남동생 뱌체슬라프 베르스가 급진 사회혁명당원에 의해 암살됨. 7월, 국무총리 P.A.스톨리핀에게 서간을 보내 러시아 농민들의 상황을 알리고 토지 사유제를 폐지할 것을 호소하였으나 스톨리핀은 답신에서 토지 사유제의 정당성을 역설함. 7~8월, 「살인하지 말라」, 「도덕적 문제에 대한 아이들과의 대화」 등을 집필. 9~10월, 새 「지혜의 달력」 집필에 전념함.

1908년(80세) 1월, 툴라의 사제 D.E.트로이츠키가 마지막으로 방문하여 정교회로 돌아올 것을 요청함. 에디슨이 축음기를 보냄. 2월, 야스나야 폴랴나의 농민 아이들을 가르침. 5월, 사후 저작권 문제에 대해 아내와 상의함. 6월, 영구 귀국한 체르트코프가 야스나야 폴랴나 근처로 옮겨 옴. 7월, 가출에 대한 강한 의지를 일기에 남김. 사형 제도에 반대하는 「침묵할 수 없다」를 국내외 언론을 통해 발표. 8월, 건강이 악화됨. 모든 작품에 대한 저작권을 사회에 환원하고, 어떤 교회식 장례 절차 없이 '푸른 지팡이'의 자리에 매장해 달라는 유언을 남김. 신문 「새로운 루스」에 '정교의 믿음에 반하는 톨스토이의 80세 생일에 대한 일체의 축하 행사에 참가하지 말라'는 신성종무원의 권고가 실림. 8~9월에 걸쳐 세계 각지로부터 2,000통이 넘는 축전이 도착함. 「아동을 위한 그리스도의 가르침」, 「폭력의 법칙, 사랑의 법칙」, 「사랑의 축복」, 「그리스도교와 사형 제도」, 「지혜의 달력」을 집필.

1909년(81세) 1월, 「수도사제 일리오도르」, 「행인과의 대화」, 「세상에 죄인은 없다」, 「시골 마을의 노래」, 「꿈」, 「의식의 혁명」, 「유일한 계율」 등을 집필. 툴라의 교회와 경찰 당국이 아내 소피야에게 톨스토이의 죽음이 임박할 경우 곧바로 관에 알리도록 강요함. 3월, 신문 「러시아 어문」에 「고골에 관하여」 발표. 7월, 스톡홀름에서 열린 제18회 세계평화회의에 초대받음. 저작권과 재산권 문제로 가족들과 첨예하게 대립함. 재산을 정리하고 가출하고 싶다는 글을 일기 곳곳에 남김. 8월, 금서를 유포하고 혁명을 선동했다는 이유로 비서 구세프가 체포됨. 9월, 마지막으로 모스크바를 방문함. 모스크바에서 떠날 때 수많은 군중이 그를 에워싸고 박수갈채를 보냄. 간디로부터 인도의 예속 상황에 대한 편지를 받음.

1910년(82세) 1~2월, 문집 「인생의 길」, 「호드인카」, 「보답하는 대지」, 「모든 악은 여기에서 나온다」, 「사회주의에 관하여」 등을 집필. 5월, 아내 소피야, 히스테리를 일으켜 가출함. 7월, 그루만트 마을 근처 숲에서 비밀리에 최종 유언장을 작성함. 8월, 가족 몰래 유언장을 작성한 것을 후회함. 아내 소피야, 톨스토이의 장화 속에서 '나만을 위한 일기'를 발견함. 9월, 아내 소피야가 자신을 '정상적인 판단을 할 수 없는 건강 상태'로 몰고 가 유언을 무효화하려 한다는 글을 일기에 남김. 10월 24일, M.P.노비코프에게 편지를 보내 가출 계획을 알리고, 자신이 머물 집을 알아봐 달라고 요청함. 10월 27일, 아내에게 보낼 이별의 편지를 씀. 10월 28일, 마코비츠키와 함께 야스나야 폴랴나를 몰래 떠나 여동생 마리야 니콜라예브나가 있는 샤모르지노 수도원으로 감. 옵티나 수도원에 들러 여동생의 고해 사제인 이오시프 신부를 만나려고 했으나 출입이 금지됨. 10월 31일, 아내 소피야 톨스타야가 올지도 모른다는 딸 알렉산드라의 이야기에 급히 샤모르지노를 떠남. 노보체르카스크에 있는 조카를 만난 뒤 불가리아로 갈 계획을 세웠으나 고열과 오한으로 아스타포보 역에서 하차, 역장 I.I.오졸린의 숙사로 감. 톨스토이의 가족과 전국 각지의 기자들이 아스타포보에 도착함. 의사들의 결정에 따라 아내와 아이들을 환자에게 들여보내지 않음. 11월 3일, 속히 참회하고 교회의 품으로 돌아오라는 대주교 안토니의 전보가 도착함. 톨스토이에게는 보여 주지 않음. 11월 5일, 옵티나 수도원장 바르소노피가 찾아와 면담을 요청했으나 딸 알렉산드라가 거절함. 11월 7일, 아내 소피야 톨스타야가 이미 의식이 없는 톨스토이를 만남. 오전 6시 5분, 톨스토이 영면. 11월 9일, 야스나야 폴랴나에서 수많은 군중이 모인 가운데 영결식이 거행됨. 자신의 유언대로, '푸른 지팡이'가 묻혀 있다는 숲에 묘비나 표석 없이 묻힘.

톨스토이 클래식 09
참회록

초판 인쇄 2019년 10월 23일
초판 발행 2019년 10월 25일

지은이 레프 톨스토이
옮긴이 이상훈

펴낸이 김선명
펴낸곳 뿌쉬낀하우스
편집 함미라, 엄울가, 소지은
디자인 김율하
주소 서울시 중구 동호로 15길 8, 리오베빌딩 3층
전화 02)2237-9387
팩스 02)2238-9388
이메일 book@pushkinhouse.co.kr
홈페이지 www.pushkinhouse.co.kr
출판등록 2004년 3월 1일 제 2004-0004호

ISBN 979-11-7036-028-5
      979-11-7036-027-8 (세트)

Published by Pushkin House. Printed in Korea
Copyright ⓒ 2019 Pushkin House
          ⓒ 이상훈

저작권법에 의해 보호를 받는 저작물이므로 무단 전재와 무단 복제를 금합니다.